Leyendas de
BRUJAS
y DIABLOS
en el Camino de Santiago

JOSÉ DUESO

Presentación

E<small>*l*</small> *Camino —¿o habría que decir los caminos?— a Santiago de Compostela está repleto de leyendas piadosas, religiosas y edificantes. Pero también hay otras leyendas, mucho más terribles, de las que no existe una recopilación conocida. Son las leyendas de brujas, entre otras. Brujas de la que la ruta jacobea tampoco se ha librado, por no ser pocos los pueblos por los que discurre la misma, pueblos con casas, casas con tejados y tejados con chimeneas. Y es que, como dicen los gallegos y sus vecinos de otras regiones, "no hay chimenea sin bruja".*

Dicho esto, he aquí una particularísima selección de leyendas de brujas en el Camino de Santiago, unas veces directamente relacionadas con la peregrinación, otras teniendo simplemente como escenario algunos de los lugares por los que la milenaria ruta discurre. Son leyendas sin censura, prejuicios ni manipulaciones de ningún tipo, es decir, leyendas tal y como son. Leyendas para todos los gustos y disgustos. Leyendas viejas y leyendas nuevas. Leyendas poco amables, poco edificantes seguramente algunas de ellas, pero igualmente muy atractivas. Leyendas que, pese a que durante años circularon de boca a oído, en su mayor parte han caído injustamente en el olvido.

Otras, en cambio, son más conocidas, e incluso muy repetidas, con escasas variaciones, en territorios muy alejados geográficamente entre sí. Esta circunstancia viene a darnos la pista, tanto de su procedencia euro-

pea, como del hecho de que el *Camino de Santiago* también haya venido sirviendo durante siglos para transmitir este tipo de noticias hasta los más recónditos rincones de la península ibérica. Y viceversa, es decir, de la península hacia el resto del continente, claro está.

Pues muy bien, suyas son ahora, amable lector o amable lectora, para que las disfrute, o para que las juzgue y, en ambos casos, haga de ellas lo que mejor le parezca.

¡Gracias, Señor Santiago!

Un joven noble de Bélgica, muy cristiano, que acababa de contraer matrimonio con la hija de otro noble mucho más acaudalado y poderoso que él, descubrió en su noche de boda, con gran alarma, que no era capaz de satisfacer a su flamante esposa con el débito conyugal. Le rezó fervorosamente a los santos de su mayor devoción en demanda de auxilio, pero nada. La joven cónyuge, que era dulce, bella y generosa, también puso todo de su parte para ayudar al marido en tan íntima empresa, pero nada, tampoco. En vista del fracaso, y como la situación no mejorase después de probarlo todo durante horas, finalmente el matrimonio se entregó en los brazos del sueño, considerando que aquel incidente se debía, seguramente, a las emociones y el ajetreo del día, y mañana, tras el oportuno descanso, al fin el hombre podría cumplir con su mujer. ¡Gran equivocación! El hombre no solo no pudo cumplir a la mañana siguiente, sino que tampoco fue capaz de desflorar a su paciente esposa durante ninguna de las jornadas que siguieron a la boda, y no por falta de intentos ni de consejos de los mejores cirujanos, físicos, curanderos… y hasta alguna que otra hechicera.

Ante situación tan apurada, el recién casado decidió pedir consejo a su confesor, un viejo arcipreste tenido por muy sabio entre su feligresía, quien, después de escucharle atentamente, le aconsejó sin pensárselo siquiera:

—Has de acudir en peregrinación a Santiago, en España, a pie y solo. Verás como después de tan edificante experiencia, el Señor Santiago permitirá que consigas hacer mujer a tu esposa.

Dicho y hecho. Días después, vestido tan pobremente como lo hacía cualquiera de los anónimos peregrinos que constantemente atravesaban Europa en dirección al sepulcro del Apóstol, el noble belga se echaba al Camino.

Anduvo, anduvo y anduvo, y, una tarde, dejado atrás el Pirineo, llegó a la ciudad de Pamplona, en una de cuyas fondas se alojó para pasar la noche. Y sucedió que, cuando estaba durmiendo tranquilamente en su habitación, se llegó discretamente hasta su cama una mujer que, introduciéndose desnuda en la misma, lo despertó suavemente acariciándolo muy sabiamente. El peregrino, una vez despierto, y sorprendiéndose ante semejante visita, primero estuvo a punto de ponerse a dar gritos y arrojar de su alcoba a aquella pecadora desvergonzada. Pero después de haber palpado tímidamente las carnes femeninas, como para orientarse en la oscuridad, lo pensó mejor y guardó silencio. Y no solo se estuvo callado, sino que, dejándose llevar por la mano experta de la desconocida, fue entrando por momentos en el mejor de los cielos. Pensó que tal vez se trataba de una empleada de la fonda, o tal vez alguna peregrina como él, o tal vez… Pero no pudo pensar más, porque, repentinamente sintió, con infinito contento, que aquella parte de su cuerpo que últimamente parecía dormida, y motivo por el cual iba a Santiago, acababa de despertarse como por encanto y estaba terminando de desperezarse. En consecuencia, pensó un maquinal "El

Señor Santiago no me lo tendrá en cuenta", y se colocó convenientemente sobre el cuerpo femenino, ¿o fue al revés?, hasta consumar una unión carnal completa y gratificante.

A la mañana siguiente, cuando el peregrino belga despertó, después de haber galopado muchas leguas durante la noche, sobre aquel cuerpo femenino, y, pese a notar cierto cansancio, se sintió el más feliz de los mortales. ¿Estaría ya curado del todo de su mal? Como observase que la desconocida, quien, por cierto, no había dicho esta boca es mía, se había marchado, abandonó la cama y se dispuso a asearse, antes de reemprender su viaje. Fue entonces cuando reparó en que le faltaba una medallita de plata, que siempre llevaba colgada al cuello, y a la que tenía un gran cariño ya que se la había regalado su madre cuando todavía era un chiquillo. Aunque sospechó de inmediato que se la había robado la desconocida de la noche pasada, terminó de componerse, desayunó tranquilamente y volvió a reemprender el camino de Galicia sin denunciar el robo. Al fin y al cabo, ¡le estaba tan agradecido a aquella mujer!

Una tarde, cuando ya el peregrino discurría por tierras de Castilla, ¿o tal vez aquello era León…? ¿Y qué más da? Una tarde calurosa, ya oscurecido, cuando atravesaba un páramo reseco, descubrió un grupo de arbolitos, rodeados de matorrales, que atrajeron su atención, pues parecían invitarle, con su frescura, a descansar al pie de ellos. Se encaminó, pues, hacia los arbolitos, y entonces reparó en algo que le hizo sonreír y a la vez esconderse discretamente entre los matorrales. Porque, precisamente bajo los arbolitos, por entre los que discurría un pequeño arroyo, una desconocida se estaba desnu-

9

dando, sin duda para refrescarse. ¿Sería otra peregrina? ¿Una lugareña quizá…?

Según lo pensaba, observó que, fuese quien fuese aquella mujer, a la que no podía ver de frente por darle ella la espalda, había terminado de desnudarse y metía ambos pies en el agua del arroyo. Que tenía un hermoso cuerpo, de eso sí pudo estar seguro, y que la contemplación del mismo, especialmente la de la parte inferior de la espalda, donde esta cambia su casto nombre por otro cargado de metáforas, no siempre afortunadas, estaba volviendo a despertarle su antiguo motivo de preocupaciones, también. Como la bella desconocida se inclinase hacia adelante, para recoger agua con sus manos y remojarse las axilas, y la parte posterior de su anatomía se mostrase rotunda, abierta e invitadora ante la mirada golosa del espía, este, no pudiendo contener su deseo, aunque, eso sí, muy discretamente, felinamente podría decirse, se aproximó poco a poco hasta ella.

"¡Qué hermosas formas tiene! —pensó el peregrino—, ¡qué apetitosas resultan!, ¡qué aroma tan exquisito desprenden!" Y aunque también pensó que aquello que pasaba por su mente era una temeridad, además de no estar bien y ser un pecado, terminó de acercarse a la desconocida y, sin pensárselo ni mucho ni poco, posó acariciadoramente ambas manos sobre las dos posterioridades mencionadas. Sorprendentemente, ella ni se sobresaltó ni dijo nada, sino que permaneció en la misma postura, como esperando algo más que simples caricias. "¿Me habrá visto y estará deseando lo mismo que yo?", pensó el peregrino. Pero ya no pensó mucho más, solo un maquinal "El Señor Santiago no me lo tendrá en cuenta", para, seguidamente introducirse por una de las aberturas de aquel cuerpo cálido y acogedor, la "correcta", aunque mentiríamos si dijéramos que por un instante no pasó por su cerebro la perversa idea de adentrase por un camino mucho más pecaminoso y angosto, y mucho más prohibido también.

Cuando terminó la entretenida "faena", nuestro peregrino cayó rendido sobre la hierba, al pie de los matorrales, y la desconocida, sin volverse en un solo momento, se quitó prontamente, aunque de manera muy discreta, de su vista. Para cuando el hombre quiso reaccionar, la mujer había desaparecido. La buscó y rebuscó, mas, igual que si se la hubiese tragado la tierra, no logró dar con ella. Lo que sí descubrió es que, en su apresuramiento anterior, se le había desprendido una de las hebillas doradas de sus calzones, y con la oscuridad de la incipiente noche no le iba a resultar fácil encontrarla. Por eso, se olvidó de la hebilla, se ajustó su atuendo como mejor pudo y apresuró sus pasos hasta el pueblo más cercano, que la noche se hizo para pasarla bajo techo.

Estaba a punto de alcanzar la meta de su viaje, cuando, al pasar por cierto pueblecito de Galicia, el peregrino se detuvo a observar a un grupo de mujeres que bailaban en la plaza al son de una gaita. Dichas mujeres, que cubrían sus rostros con unas máscaras grotescas, y que lucían sobrecargados y vistosos vestidos, sin duda estaban celebrando la fiesta del santo patrón de aquel lugar. Eso al menos le pareció al peregrino al ver a los aldeanos "endomingados" y ociosos. Terminada aquella danza, las mujeres se dispersaron entre el resto de vecinos y cada cual reanudó su deambular festivo. Sin embargo, una de ellas, de aparatosa máscara y falda que era todo un laberinto de encajes, se aproximó discretamente hasta el peregrinó, lo tomó de la mano igual de discretamente y lo condujo hasta una casita, algo apartada del pueblo, en cuya planta baja penetraron los dos. Daba la sensación de que, o nadie se había percatado de la maniobra, o si se habían percatado simulaban mirar para otra parte.

Dentro de la casita en penumbra, y sin mediar una sola palabra, la mujer, que parecía muy ansiosa e impaciente, se apresuró a desnudar, sería más correcto decir arrancarle la ropa, al peregrino, quien se dejaba hacer, entre confundido y excitado, para luego desprenderse ella misma del envoltorio de franelas, enaguas y prendas íntimas de que venía cargada. Ya desnuda, y como si tuviera una prisa que el hombre no acertaba a adivinar a qué era debida, se dedicó a acariciarlo de arriba a abajo, volviendo a comprobar este feliz mortal que una vez más reaccionaba oportunamente la parte más problemática de su anatomía. En fin, una vez más, también, y sin escuchar una sola palabra de su compañera de encuentro ni poder verle el rostro, al que parecía estar pegada la grotesca máscara, poco pudo pensar el peregrino, tan solo un "El Señor Santiago no me lo tendrá en cuenta", para, acto seguido, practicar el "acto" gracias al cual se viene perpetuando desde sus orígenes nuestra especie.

Terminado el susodicho "acto", la mujer corrió a otra estancia, desapareciendo tras una cortina y dejando a su eventual pareja jadeando boquiabierto. Cuando pudo recobrar sus fuerzas, nuestro peregrino se dirigió a la otra estancia, en la que no

12

había nadie, ni tampoco en toda la casa. "¡Mira que son raras las mujeres españolas!", se dijo sacudiendo la cabeza, aunque sin enfado, incluso empezando a plantearse la posibilidad de repetir aquel viaje más veces. Total, que, ante esta nueva desaparición, el peregrino belga se ajustó una vez más la ropa, disponiéndose a proseguir el camino. Esta vez echó en falta una tapilla de uno de los bolsillos de su jubón, seguramente desprendido por la mano de la desconocida durante sus maniobras desnudatorias. Pero no le dio mayor importancia y salió discretísimamente de la casa.

Cuando, después de haber logrado postrarse ante el sepulcro del Señor Santiago, haberle dado sinceras gracias por su curación, haber conseguido el perdón de los pecados, haber obtenido el jubileo, haber pasado un mes largo en Galicia para reponer fuerzas, y haber desandado a pie el camino de vuelta hasta Bélgica, llegó a su casa pasados más de cinco meses desde el día de su partida, y su mujer salió a recibirle a la puerta de la casa, loco de contento, el peregrino exclamó abriendo los brazos para correr a abrazarla:

—¡Amada mía, estoy curado!

A lo que ella, con el mismo aire de felicidad, y corriendo a su encuentro con los brazos igualmente abiertos, exclamó a su vez:

—¡Amado mío, y yo estoy preñada...; vais a ser padre!

—¡Hum...! ¡¿Cómo podéis decir que el hijo que lleváis en vuestro vientre es mío, si cuando marché para Santiago os dejé doncella?! —inquirió el recién llegado, cambiando su gesto de jovialidad por otro de hostilidad y recelo.

—¡No temáis esposo mío, que, durante este tiempo, ni yo os he sido infiel a vos, ni vos me lo habéis sido a mí!

El peregrino, aunque recordando sus aventurillas "jacobeas" con cierto inoportuno remordimiento, y, aun sin cambiar su gesto hostil, gruñó:

—¡Pues no lo entiendo!

—¡Venid conmigo, que en seguida lo comprenderéis!

La mujer tiró de su marido, cogiéndolo por un brazo, y lo condujo a su alcoba. Luego tomó un objeto del cajón de una cómoda, lo puso sobre la colcha de la cama y dijo:

—¿Veis esta medallita de plata que perdisteis en cierta posada de Pamplona? –el marido se quedó pálido, comprendiendo que había sido pillado en adulterio–. Pues no temáis, amado, que no me fuisteis infiel, porque aquella mujer… ¡era yo!

Luego puso una hebilla dorada sobre la misma colcha y dijo:

—¿Veis esta hebilla dorada que perdisteis junto a cierto arroyo de Castilla…? ¿O tal vez era de León? –el marido volvió a empalidecer–. Pues tampoco temáis, esposo mío, que no me fuisteis infiel, porque aquella mujer… ¡igualmente era yo!

Por último, la mujer dejó sobre la cama la tapita del jubón masculino y dijo:

—Y esta tapita de vuestro jubón, ¿no la reconocéis? ¿Acaso no recordáis haberla perdido en cierta casita de Galicia? –como su marido siguiera palidísimo y nada dijera, ella concluyó con toda la dulzura del mundo–: Pues tampoco os preocupéis, mi buen esposo, porque aquella enmascarada… ¡también era yo!

Aunque nada comprendía, el marido tuvo que rendirse ante la evidencia: aquellas prendas eran suyas. Pero si su esposa no había abandonado la casa durante su ausencia, como testimonió todo el mundo, sin duda aquello era fruto de artes hechiceriles, porque, porque... ¡su esposa era una bruja!

Ella entonces, como adivinando los pensamientos masculinos, se abrazó a él muy zalamera, le dio un apasionado beso en los labios y le susurró con gesto pícaro:

—¡Ha sido un milagro del Señor Santiago!

El marido, nada dijo ni nada le reprochó nunca. Máxime, al demostrar ella, día a día, ser de una probada virtud, amén de saber hacerlo muy dichoso. Y, aunque a veces le asaltaba al noble caballero la terrible sospecha de que en el fondo su amada esposa sí era efectivamente una bruja, prontamente apartaba de su mente tan negra idea, pensado que aquella experiencia inexplicable, había sido, en efecto, "un milagro del Señor Santiago".

La matrona de Folkestone

Dicen que en esta ciudad de la costa sur inglesa, hace años hubo un rico caballero al que se le murió un hijo al día siguiente de nacer. Pero la muerte no le sobrevino al pequeño por causas naturales, ya que, como muy bien podía apreciarse en su cuello, mostraba claros síntomas de haber sido estrangulado.

Aquel caballero volvió a ser padre por segunda vez y, por segunda vez, el bebé apareció estrangulado en su cuna a la mañana siguiente. En esta ocasión dieron en pensar que el infanticidio debía ser obra de alguna bruja, que pudo acercarse tranquilamente hasta la cabecera del pequeño valiéndose de sus malas artes para no ser vista. Por eso, cuando aquel caballero tuvo su tercer hijo, inmediatamente lo rodearon de velas benditas, que mantuvieron encendidas tanto de día como de noche. Pero también fue un empeño inútil, ya que, una vez más, el pequeño apareció estrangulado a la mañana siguiente.

Cuando nació el cuarto hijo de aquel rico caballero, familiares, amigos, servidumbre y hasta vecinos de confianza, rodearon permanentemente la cuna del pequeño, sin perderlo de vista, además de encender a su lado las consabidas velas benditas. Esa tarde, incluso, se unió al grupo de cuidadores un peregrino a quien se le dio cobijo en la casa mientras aguardaba la partida del barco que le llevaría hasta España.

Poco después de media noche, el peregrino pudo comprobar que todos los que rodeaban al recién nacido caían en un profundo sueño, y que, de pronto, una matrona de noble aspecto, surgida de las tinieblas, se dirigía a la cabecera del bebé y lo agarraba por el cuello con intenciones asesinas. El peregrino entonces se lanzó sobre ella y la inmovilizó en un instante, dando fuertes gritos para que se despertasen todos.

Como la matrona, que nada dijo ni protestó lo más mínimo, resultó ser una de las señores más nobles y distinguidas de la ciudad, nadie podía dar crédito a que fuese la malvada bruja que había matado a los tres hermanitos de aquel recién nacido, y el señor resolvió dejarla marchar tranquilamente. Pero el peregrino no solo no la soltó, sino que tomó el atizador de un brasero, que estaba al rojo vivo, y le marcó con él una mejilla, ante el asombro y consternación de todos. Luego dijo muy seguro de sus palabras:

—¡Esta no es la matrona que todos creéis que es, sino un diablo que ha adquirido su misma apariencia! ¡Para salir de dudas, haced venir a la verdadera y lo comprobaremos!

A pesar de la hora que era, fueron a buscar a la matrona a su casa y la trajeron ante la que seguía sujetando el peregrino. Como ambas mostraban la mejilla igualmente quemada, el señor de la casa, muy preocupado, preguntó:

—¿Cómo sabremos ahora cuál es la verdadera y cuál la falsa?

—Muy sencillo —explicó el peregrino—, soltando a la que tengo sujeta.

Y, efectivamente, la soltó. Entonces, sin perder un instante, la falsa matrona salió volando por la ventana, lanzando fuertes gritos y lamentos, y todos pudieron saber que ella era la asesina de los niños.

***

Esta leyenda se cuenta también como sucedida en Dover y otras poblaciones de la costa sur de Inglaterra, y no siempre el peregrino es tal, sino un santo, un ángel o hasta el propio Jesucristo.

Incluso en una de las muchas variantes, en vez de con una bruja nos encontramos directamente con que la infanticida es, ni más ni menos, el mismísimo Demonio aunque convenientemente camuflado de mujer.

Un peregrino perdido

París ya había quedado muy atrás, cuando, en medio de un interminable bosque, camino de Orleans, aquel peregrino del norte de Europa se encontró de buenas a primeras rodeado por una espesa niebla. Al principio siguió andando unos pasos en la dirección que traía, pero luego se detuvo al comprender que no había ni trazas de camino. Retrocedió, pues, pero tampoco encontró la senda. Miró a su alrededor, pero nada vio. Gritó varias veces, pero nadie le respondió. En fin, que, muy compungido y preocupado, aquel peregrino comprendió que se había perdido.

Pensó en detenerse y aguardar a que pasase la niebla. Pero no tardó en desistir de esa idea. La noche no tardaría en echársele encima y la niebla, espesísima niebla, por decirlo adecuadamente, no tenía aspecto de diluirse tan fácilmente. Sin embargo, respiró aliviado cuando, inesperadamente, vio delante suyo a aquella extraña campesina. Extraña por su recio aspecto, porque tenía un raro brillo en la mirada, y porque de su rostro y toda su persona emanaba un inexplicable aire salvaje.

Aunque no sabía francés, aquel peregrino le pidió ayuda a la desconocida, explicándole, como buenamente pudo, que iba a Santiago de Compostela, en España, y que se había perdido por culpa de la niebla. La campesina, aunque no parecía entenderle, lo miró unos momentos penetrantemente, sin decir nada, y luego, con un gesto muy elocuente, le invitó a seguirle.

La siguió el peregrino, ¿qué otra cosa iba a hacer el infeliz en aquellos momentos? Y lo hizo dando gracias en su idioma a los cielos por semejante fortuna. Pero como la campesina caminaba muy de prisa, tan de prisa que en algunos momentos parecía que ni ponía los pies en el suelo para dar los pasos, el peregrino tuvo que acelerar el suyo. Aun y con eso, no tardó en perderla de vista por culpa de la niebla. Pero no importaba, porque las huellas que sobre el barro dejaba la mujer eran una inmejorable pista a seguir.

Mas el peregrino no tardó en detenerse de pronto, como paralizado, primero por el asombro, luego por el terror. Porque las huellas de los pies descalzos de la mujer por momentos se iban haciendo más pequeñas y confusas, como si no perteneciesen a las pisadas dejadas por un ser humano. Al poco ya sí, las huellas volvieron a ser perfectamente visibles e identificables para el caminante. Pero este se sintió asaltado por un profundo pánico, pues descubrió que ahora no pertenecían a los pies de una mujer, que no eran ni remotamente humanas, que eran… ¡de lobo!

Aunque el peregrino se sintió perdido, ya no se movió de aquel lugar. Agarrando febrilmente con las dos manos un rústico crucifijo, que siempre llevaba en su zurrón, pasó aquella interminable y neblinosa noche repitiendo una y otra vez todas las oraciones que sabía. Y, aunque escuchó constantemente, muy cercano, el aullido de un lobo, o más probablemente de una loba, los rayos del amanecer acabaron por despejar la niebla, un sol radiante terminó por brillar en al cielo y él pudo reanudar su camino sano y salvo. Eso sí, sin cesar de dar gracias a Dios y al apóstol Santiago por haberle permitido salir con bien de tan apurado trance.

La zorra y las gallinas

Esta leyenda, ampliamente conocida con sus muy diversas variantes en casi todas las poblaciones que recorre la *Vía Podensis*, desde Le Puy hasta el Pirineo, tiene, sin embargo, en la región de Auverge, una versión especialmente particular y siniestra.

Cuentan que, una noche, cuando todos dormían en cierto pueblecito, una raposa se coló en el gallinero y organizó una auténtica carnicería con las huéspedes del mismo. Pero, claro está, tal alboroto debieron armar las aterrorizadas gallinas, que algunos vecinos se despertaron con sobresalto y acudieron corriendo al gallinero armados con la primera herramienta contundente que encontraron a mano.

La zorra, como zorra que era, al intuir el peligro puso pies en polvorosa, quitándose rápidamente de en medio. Aunque no tan rápidamente como para poder evitar un golpe de azada en su pata trasera izquierda, que la dejó mal herida. Con todo, la astuta zorra logró ponerse a salvo entre la maleza.

Tras el incidente, y como era media noche, los vecinos volvieron a la cama, aunque bastante alterados, con el propósito de reanudar el interrumpido sueño. Pero, a la mañana siguiente, ¡menudo revuelo se organizó en el pueblo al saberse que una vecina, vieja, de muy mal carácter y con fama de bruja, había amanecido con la pierna izquierda rota! Ella se excusó diciendo que se había caído por las escaleras, pero nadie la creyó. Incluso un vecino comenzó a increparla:

—¡Bruja, más que bruja; tú eres quien con figura de zorra mataste anoche a las gallinas!

Y ya iba a descargar un puñetazo sobre el rostro de la indefensa anciana, cuando otro vecino, precisamente el dueño del gallinero asaltado, avisó a todo el mundo con gran agitación:

—¡Venid, venid conmigo al gallinero, que ha ocurrido algo terrible!

Corrieron, sí, y, efectivamente, había ocurrido en el gallinero algo realmente difícil de olvidar. Porque, entre los cuerpos destrozados de algunas gallinas, entre otras heridas y entre las demás sanas y salvas, que picoteaban tranquilamente a su alrededor, estaban los cuerpos ensangrentados, desnudos e inertes, de dos mujeres de mediana edad. Una era la esposa de aquel vecino que a punto estuvo de golpear a la anciana tildada de bruja, la otra una mujer de un pueblo cercano. Ambas tenían la garganta abierta de una dentellada descomunal, ambas se habían desangrado, ambas estaban muertas.

Y ambas eran brujas, cabría añadir. Dos brujas, que, bajo el aspecto de mansas gallinas, se habían colado esa noche en aquel gallinero sabía Dios, o el Diablo, para hacer qué clase de maldades.

Terrible maldición materna

Cierto peregrino del norte de Italia, que a su regreso de Santiago de Compostela se perdió en la región de Aubriac un atardecer, cuando más desesperado estaba en la soledad de aquel inhóspito paraje, sintiendo el aullar cercano de los lobos, se encontró con una amable serrana que lo llevó a su choza para que aguardase el amanecer a cubierto. Le puso de cenar opíparamente, le dio pormenores de aquellos lugares y luego, haciendo gala de una hospitalidad que al hombre le pareció gratamente exagerada, lo acomodó en su propio lecho y gozó largamente con él.

Tras el amoroso ejercicio, el peregrino, bastante agotado, felizmente agotado habría que decir, le preguntó a su anfitriona:

—Dime, ¿cómo es que una mujer tan joven y tan bella como tú, vive sola en este lugar? ¿Es que no le temes a los lobos?

—No señor, no los temo –respondió la mujer sin titubeos–; los lobos son mis amigos y me respetan.

—¡Pero los lobos son asesinos… –objetó el peregrino–, al menos eso cuentan las viejas consejas!

La mujer lo miró penetrantemente, sonrió de manera picaruela e inquirió:

—¿Sabes tú muchas leyendas de lobos?

—¡Muchas –respondió el peregrino–, y todas terribles!

—Pues, a que no sabes esta…

24

—¡A ver, cuéntamela! –pidió el nocturno huésped, mientras se dedicaba a acariciar lánguida y distraídamente, embargado por una grata placidez, la perfecta anatomía de su inesperada amante.

—Pues verás –inició su relato la bella serrana–: En una de las aldeas de por aquí, había una moza que se volvía loca por los hombres, tanto, que por estar con ellos no perdía romería, fiesta ni ocasión en la que poder solazarse con alguno. Pero esa conducta disgustaba tanto a los suyos que, un noche, al volver de un baile, y como lo hiciera muy de madrugada y con evidentes señales en su atuendo de haber estado con un mozo, la madre le gritó enojadísima: "¡Quiera Dios que como vas detrás de los mozos corras detrás de los lobos!" Fue escuchar tan terrible maldición aquella moza y caer al suelo como fulminada, colocarse a cuatro patas y echar a correr monte arriba como una auténtica loba.

—¿Y qué más? –inquirió el caminante, muy interesado por el relato.

—Pues que la moza ya nunca más volvió a su casa y que, convertida en loba, deambula por estos montes y por ellos deambulará hasta el final de los tiempos.

—¿Y nada más? –la pregunta la hizo ahora el peregrino abrazándose al cálido cuerpo de la mujer, con el evidente propósito de dormirse con la cabeza acomodada sobre su pecho.

—Sí que hay algo más… –añadió la bella desconocida–: Que aquella loba recobra su condición humana, las noches de luna llena, y sale a buscar hombres con los que poder gozar como a ella le gusta.

—¡Lo mismo que tú, ¿no es así?! —exclamó medio dormido el peregrino.

—Y después de gozarlos —continuó la mujer—, ¿sabes qué hace con ellos?

—No… —musitó el peregrino, ya prácticamente dormido.

—Pues después de gozar de peregrinos incautos como tú…¡los devora! Y, ¿sabes por qué lo sé?

—Hum… —fue toda la respuesta del rendido peregrino.

—Pues lo sé, sencillamente, porque hoy tenemos luna llena y porque esa loba… ¡soy yo!

Como la voz de la mujer había sonado de pronto exageradamente ronca, silbante y siniestra, el dormido peregrino se despertó con sobresalto, intuyendo un inminente peligro. Y no se equivocó en esto último, aunque demasiado tarde. Porque, sí que descubrió espantado que estaba abrazado a un lobo, o, mejor dicho, a una loba, y que esta lanzaba sus fauces abiertas a su garganta, pero ya no tenía tiempo de reaccionar. Tan solo sintió una brutal dentellada, un dolor intensísimo en el cuello, que la vida se le escapaba a borbotones, y que se iba a morir… Como así fue.

Leñador perseguido por un árbol

Sucedió, en la antigua provincia de Berry, que, un atardecer de otoño, cuando cierto leñador volvía para su casa con el hacha al hombro, tras una dura jornada de trabajo, escuchó tras de sí lo que le pareció era un susurro. Se detuvo un momento, miró a su alrededor, pero, como nada ni a nadie vio, reanudó su marcha. Sin embargo el susurro se repitió, un susurro que le parecía humano. Se detuvo otra vez pero tampoco volvió a ver a nadie.

El leñador, ahora intrigado, e incluso un poco asustado, aligeró el paso pensando que tal vez lo del susurro eran figuraciones suyas. Pero se equivocaba. Sí, porque el susurro volvió a repetirse, ahora más cercano, justo detrás de su cogote. Y también descubrió esta vez algo que le sorprendió profundamente: que detrás suyo había plantado un enorme árbol, en medio del camino. Como aquello no parecía tener explicación humana, el leñador echó a correr, esta vez manifiestamente asustado. Pero también debía correr el árbol, porque al poco, al volverse un instante, tras escuchar de nuevo el susurro, o el siseo, por completo humano, el hombre se encaró con aquel árbol que podía moverse, árbol demoníaco a su entender, y tras lanzarle una imprecación, reemprendió la carrera.

Como el árbol corría más que el leñador, no tardó en volver a estar a espaldas del mismo, y muy enojado, pues con una de sus largas ramas lo agarró por el cuello y lo levantó por los aires pretendiendo ahogarlo. Aunque se sintió perdido, zarandeado como un pelele el hombre aún tuvo la suficiente presencia de ánimo para defenderse a hachazos de aquel ataque. Y, pese a que los golpes no daban en ninguna parte, finalmente uno, un hachazo contundente, fue a golpear con fuerza contra el tronco de aquel misterioso árbol.

¡Menudo alarido se escucho entonces! ¡Cómo se retorció de dolor! Y el misterioso árbol soltó a su humana presa, sin dejar de emitir lamentos, aunque ininteligibles, como lo hubiese hecho cualquier ser humano golpeado y herido. Entonces sí, el leñador volvió a echar a correr, tambaleándose más muerto que vivo, y pudo ponerse a salvo.

Pero no iban a acabar ahí las sorpresas de ese día para aquel leñador, no, ni muchísimo menos. Porque, cuando, al cabo de un rato de carrera, llegó a su casa, se encontró con que su mujer se hallaba en la cama y estaba muy mal herida. Nadie sabía explicarle como había podido suceder, pero lo cierto es que la infeliz tenía una enorme herida en un costado, una herida sangrante y profunda que, a todas luces, parecía haberle sido producida con un hacha.

Y aun siguieron las sorpresas aquella misma noche. Porque el leñador se enteró también de que su mujer tenía un amante, con quien se veía aprovechando sus ausencias, que planeaba matarle a él para poder casarse con el otro, y que casi lo consigue aquella misma tarde, cuando con apariencia de árbol le persiguió por el camino. Comprendiendo que, sin lugar a dudas, su esposa era una peligrosa bruja, aquel leñador la denunció de inmediato a la justicia.

¿Que qué le sucedió a la infeliz? Y, ¿qué quieren que le sucediese? Pues que, tras ser detenida y encarcelada, torturada y procesada, finalmente, ya medio repuesta de su herida en el costado, acabó sus días en la plaza de Bourges quemada públicamente por bruja en una hoguera. ¿O es que no han oído decir que Berry fue en otro tiempo un auténtico nido de brujas?

La pata de la Loba

Caminaba cierto atardecer un cazador, por un espeso bosque, cuando, de pronto, el chasquido de una rama atrajo su atención haciéndole detener la marcha. ¿Sería un venado? ¿Tal vez en un animal mucho menor? En ambos casos, y a pesar de lo agotadora que había resultado la jornada, y de que era ya muy tarde y la luz escasa, como el pobre hombre no había conseguido cobrar una sola pieza decidió arriesgarse e intentarlo de nuevo. Manteniéndose alerta, agazapado tras unas ramas, aguardó pacientemente casi sin respirar. Al poco, otro chasquido le avisó de que la posible presa estaba cerca…, y también otro, y otros más. El cazador cargó su ballesta y siguió esperando con paciencia y atención felinas.

Al fin, un bulto negro atravesó velozmente un claro del bosque y el cazador disparó. El bulto desapareció en la espesura, después de lanzar un extraño aullido, y el cazador salió de su escondite. En el claro del bosque descubrió un pequeño bulto negro y se acercó a comprobar qué era. ¡Menuda sorpresa se llevó! Porque descubrió que se trataba de la pata de una loba, ensangrentada y aún caliente.

—¡Era una loba! —murmuró admirado, mientras que un escalofrío de pánico le recorría todo el cuerpo.

Como ya era prácticamente de noche, y la espesura del bosque no resultaba ser el sitio más seguro para un hombre solo a aquellas horas, aunque fuese armado con una ballesta, decidió abandonar aquel lugar y buscar un refugio donde pasar la noche. Por lo tanto, guardó la pata de la loba en su zurrón y se puso en marcha.

Un buen rato después, tras otra interminable caminata, vislumbró una luz a lo lejos y hacia ella dirigió decididamente sus pasos. Cuando estuvo más cerca descubrió con gran regocijo que la luz procedía del castillo del señor de la comarca, quien, por cierto, era amigo suyo.

No tardó en llegar y, de inmediato, tal como esperaba, fue recibido con grandes agasajos tanto por parte de la servidumbre de la fortaleza como de su propio dueño.

—¿Qué tal se te ha dado la jornada? —inquirió jovialmente el señor del castillo, ofreciéndole una copa de vino al cazador, mientras esperaban que le sirviesen la cena.

—¡Mal, muy mal; hoy no he cazado nada! —respondió el cazador; pero, acordándose de pronto del incidente de la loba, tomó su zurrón con intención de abrirlo y añadió—: Bueno, en realidad si que he cazado algo…

—¿Y qué es ello? —interrogó el señor.

—¡La pata de una loba!

—¡La pata de una loba! —exclamó el anfitrión, añadiendo con viva curiosidad—: ¡Pues veámosla!

El cazador metió la mano en su zurrón, rebuscó en él un momento y, cuando la sacó, al ver que el objeto que sostenía no era el esperado, exclamó horrorizado—: Pero…, ¡si no puede ser!

También mudó su expresión jovial el señor del castillo, por otra de horror y asco, cuando el cazador depositó precipitadamente aquel objeto encima de la mesa. Y no era para menos el cambio de actitud de ambos, porque no era la pata de una loba lo que tenían delante sino la mano ensangrentada de una mujer.

—¡Pero si le disparé a una loba! —el cazador no salía de su asombro.

Tampoco el amo del castillo pudo disimular su extrañeza, al decir:

—Es una delicada mano femenina, sin duda de una señora… ¡y tiene un anillo!

La miraron más detenidamente ambos hombres y descubrieron que, efectivamente, aquella mano de mujer tenía una valiosa sortija en su dedo medio. Pero, pasando del horror al espanto y del espanto al enojo, el señor del castillo rugió:

—¡Ese anillo y esa mano son de mi mujer!

El cazador, que lívido y mudo ante semejante noticia fue incapaz de reaccionar, se limitó a observar boquiabierto cómo el señor abandonaba la sala corriendo y, como si volara, subía las escaleras hacia la planta superior, sin duda en dirección a las habitaciones de su esposa.

Así fue, pues no tardó en bajar con ella, trayéndola cogida de un brazo y casi en volandas.

—¡Es verdad, ella era la loba que a la que tú has disparado, y de ella era la mano, esta mano que ahora ha recobrado su habitual fisonomía!

Y, mientras tal decía, había apartado a tirones, furioso, los vendajes que cubrían el antebrazo derecho de su mujer, dejando al descubierto un muñón sin mano. Luego la zarandeó violentamente, la arrojó al suelo y la pataleó presa de una furia inusitada.

—¡Di, maldita —bramó sin cesar en su violencia—, ¿reconoces que eras tú la loba que esta noche resultó mutilada en el bosque?! —como la mujer se limitase a sollozar y chillar de dolor, el marido, que parecía enloquecer más y más por momentos, sin cesar en su agresión, insistió—: ¡Contesta o no respondo de mis actos, contesta…!

—¡Sí, yo era esa loba —reconoció al fin la mujer con rabia, acurrucándose en el suelo como un guiñapo, en un extremo de la amplia sala—, yo soy la loba que sale por las noches en busca de aventuras, de emociones sin cuento, de placeres ilimitados…!

—Pero, ¿por qué? —preguntó ahora su esposo abatidísimo, sin furia, hundido.

—¡Porque yo no sirvo, como otras —continuó ella con energía y desprecio—, para vivir encerrada en una castillo toda la vida, como una muñeca guardada en una caja y a expensas de la tiranía de un amo! ¡Por eso soy loba, por eso soy bruja!

Pasada la primera ira, y esfumado el primer abatimiento consecuente, el amo del castillo se incorporó de la silla en la que poco antes había caído derrumbado y, con toda la sangre fría del mundo, sin ni siquiera mirar a su pobre mujer que seguía acurrucada en el suelo estremeciéndose compungida y dolorida, llamó con un gesto a uno de los criados y le ordenó:

—¡Avisa a la guardia y que venga a detenerla!

Se hizo tal como lo había ordenado. La guardia se presentó ante el señor de la torre, se llevó encadenada a la mujer de este y la encerraron en una lóbrega y oscura mazmorra, en los sótanos del edificio.

Días después, aquella bella mujer sin mano era ahorcada públicamente, para regocijo de unos pocos y consternación de los más, en el patio del propio castillo. Cuando la infeliz víctima hubo exhalado su último aliento, su marido, dirigiéndose a los congregados, sentenció con gesto altivo y una frialdad inhumana:

—¡Aunque mucho nos duela, esto es lo que ha de hacerse siempre con todas las brujas!

Aunque esta leyenda circuló por toda Europa durante siglos, se contaba especialmente a lo largo de los múltiples ramales que del *Chemin de Compostelle* se conocen en suelo galo. Fue recogida inicialmente por el juez Henry Boguet en su *Discours exécrable des Sorciers* (1602), aunque no han sido poco los autores que después se han referido a ella, y parece ser oriunda de las montañas de la región de Auvernia.

Necesito la cabeza de un muerto

Una hechicera que vivía en un pueblecito de la región de Toulouse, no lejos del extremo sur del bosque de Bouconne, ya casi tocando con L'Isle-Jourdain, necesitaba la cabeza de un muerto para realizar uno de sus hechizos. Pero no podía tomarla de cualquier muerto, sino de uno que estuviera muerto en el cementerio. De lo contrario, el hechizo no sería efectivo.

Como para hacerse con una tenía que ir de noche al cementerio, desenterrar un muerto y separarle la cabeza del cuerpo, y hacerlo ella sola le resultaba muy dificultoso, decidió buscarse ayuda. Y, ¿quién mejor para tal menester que un anónimo y discreto peregrino de los muchos que por aquel tiempo pasaban por allí?

Se echó al camino y cuando vio a un peregrino solitario, andrajoso y de aspecto famélico, se dijo para sus adentros muy complacida:

—¡Este es quien me puede ayudar!

La hechicera convenció al peregrino, a cambio de una bonita bolsa llena de tintineantes monedas, y ambos se dirigieron aquella misma noche al cementerio con pico y pala. Eligieron una tumba reciente y, cuando el peregrino iba a empezar a cavar, la hechicera le dijo:

—¡No vale la pena que te esfuerces, total, para hacerme con la cabeza de un muerto en este cementerio, lo mismo me sirves tú!

Nada más decirlo, la hechicera le arreó un violento porrazo con la pala al peregrino y lo dejó muerto. Luego le cortó la cabeza con un puñal que llevaba escondido, recuperó su dinero y abandonó el cementerio, muy contenta porque ya podía realizar su hechizo sin impedimento alguno. Al fin y al cabo, aquel hechizo no exigía específicamente, como en otros casos más caprichosos, que el muerto estuviese enterrado en el cementerio en cuestión

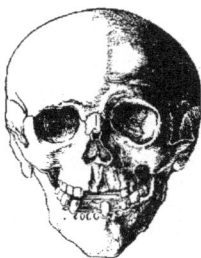

No creía en brujas

Dicen que en un pequeño pueblecito cercano a Auch, todos sus habitantes le tenían auténtico pánico a las brujas. Bueno, la verdad es que todos, todos, no, pues el barrendero aseguraba no creer en ellas.

—¡Oh, pero que ignorantísimas y crédulas criaturas sois! —les decía él a sus vecinos, para añadir siempre de manera categórica—: ¡No hay brujas, nunca las ha habido y nunca las habrá! Las brujas son solo patrañas de viejas desocupadas.

Esto lo repetía, un día tras otro, como decimos, el barrendero de aquel precioso pueblecito. Sin embargo, también un día tras otro, después de terminado su trabajo, el barrendero inclinaba su escobón, se sentaba a horcajadas sobre el mango y se iba volando para su casa.

¿Se santiguan los brujos?

A una anciana con terrible fama de bruja y hechicera, un vecino le preguntó:

—¿Cómo es que siendo bruja vas a la iglesia y te santiguas?

—¡Algún día te lo explicaré! –le respondió la bruja.

Cuando aquella anciana, tiempo después se puso enferma de muerte y estaba agonizando, hizo venir a su vecino junto a ella y le reveló al oído:

—Yo nunca me he santiguado, pero, si lo parecía, era porque con ese gesto me apartaba las moscas de la cara sin levantar sospechas.

La vieja bruja expiró en ese instante y el vecino se santiguó. Más, para que ninguno pudiera escuchar lo que decía, lo hizo recitando mentalmente:

—Aquí está la frente, aquí está la barba, aquí hay una oreja, y aquí está la otra. Amén.

La moza de Lurbe

A una moza de Lurbe, un muchacho de Asasp le pidió formalmente la mano para casarse con ella. Por eso, una tarde sí y otra también, al terminar su jornada de trabajo el mozo se encaminaba ilusionado hasta Lurbe, donde pasaba dos o tres horas cortejando a su novia.

Sucedió que, cierta tarde festiva, cuando el de Asasp hizo su acostumbrada visita a Lurbe, para ver a su novia, pero un poco antes de lo acostumbrado y acompañado en esa ocasión por uno de sus mejores amigos, la muchacha no estaba en su casa. Se iban a marchar de regreso muy decepcionados, sobre todo el novio de la ausente, cuando, no lejos de la casa vieron cómo con una cabrita negra trotaba alegremente en dirección a un prado rodeado de estacas y alambres. La siguieron ambos mozos con cierta intriga y, al estar más cerca del animal, descubrieron que la cabrita se transformaba prodigiosamente en una mujer. Se trataba de una hermosa muchacha, completamente desnuda, que el mozo de Asasp identificó inmediatamente, pues era, nada más y nada menos, que su propia novia. Aunque no por mucho tiempo…

No, porque, allí mismo, el novio rompió su compromiso con la muchacha de Lurbe, bruja sin duda, y nunca más volvió a verla.

¿Cuántos caminos hay en el bosque de Boussaü?

En pleno valle de Aspe, a medio camino entre Olorón y el puerto de Somport, y no lejos de Lescun, se localiza el pueblecito de Lées-Athas. Pues bien, de este pintoresco lugar, situado al pie del inconfundible pico de Anie –o Auñamendi, en vasco–, y de cuya cumbre siempre se ha solido decir que es un nido de brujas y diablos, era cierto leñador, llamado Yan, que solía ir a por leña al bosque de Boussaü.

Una tarde, después de haber reunido mucha leña seca, y como el haz fuera desmesuradamente enorme para sus humanas fuerzas, no sabiendo cómo cargárselo, Yan exclamó:

—¡Ay, demonio, ¿cómo voy a poder cargar con tanto peso yo solo?!

Fue decirlo y plantarse ante el leñador, surgido como por arte de magia, un tipo alto, musculoso y de pinta siniestra, que le dijo:

—Soy el diablo y he venido a ayudarte a llevar tu leña a casa. Pero, escúchame bien, porque lo haré con la condición de que, si dentro de tres días no eres capaz de decirme cuántos caminos recorren este bosque, tu alma me pertenecerá para siempre. ¿Estás de acuerdo?

Yan se rascó el cogote preocupado, pero no tardó en responder:

—¡Estoy de acuerdo! Dentro de tres días, a esta hora, te traeré la respuesta aquí mismo.

El diablo cargó entonces sobre sus hombros al campesino y a su carga de leña, y volando por las alturas en un santiamén estuvo ante la puerta de la casa del humano.

Como aquella noche, a pesar de la descomunal carga de leña que su marido había traído a casa, su mujer vio a Yan muy preocupado, le preguntó qué le pasaba y el leñador no tardó en contarle su peripecia con el diablo.

—Y si no le adivino cuántos caminos hay en el bosque de Boussaü, se quedará con mi alma para siempre –concluyo gimiendo el leñador.

—No te preocupes –le dijo a Yan su mujer–, que yo sabré dar con la respuesta adecuada.

Al día siguiente, la mujer de Yan se fue de puerta en puerta por el pueblo, mendigando un poco de miel hasta lograr reunir una buena cantidad de tan dulce y pegajoso producto. Luego se volvió a su casa, se desnudó por completo, se untó la miel por todo el cuerpo, rasgó un colchón y se revolcó en sus plumas y, cuando se hubo transformado en una figura grotesca, a mitad de camino entre mujer-pájaro y monstruo emplumado, corrió resueltamente hasta el bosque de Boussaü, en uno de cuyos caminos se puso a hacer extrañas piruetas, así como acrobacias que resultaban bastante obscenas.

No tardó en reparar en ella el diablo que el día antes ayudase a Yan, quien, al ver semejante espectáculo, no pudo evitar exclamar en voz alta:

—¡En las numerosas ocasiones en que los ciento treinta y dos caminos de Boussaü he recorrido, y son bastantes, nunca antes contemplé fenómeno semejante!

La mujer de Yan corrió muy contenta a hacerle partícipe a su marido de su descubrimiento, y este se presentó tranquilamente ante el diablo, en la fecha y hora acordada, para decirle:

—El bosque de Boussaü tiene ciento treinta y dos caminos.

Tanta rabia le dio al diablo escuchar la respuesta correcta de boca del humano, que golpeó furiosísimo con un pie en el suelo, antes de salir disparado hacia las alturas para nunca más volver. Pero tan fuerte fue el pisotón que, según dicen, formó un enorme agujero con su huella, huella que aún se conserva, por lo visto, en el bosque de Boussaü.

La hilandera sospechosa

Una hilandera del valle de Canfranc, que de madrugada se quedaba a hilar sola en su cocina, le dijo una vez a su marido:

—Varias noches seguidas ha venido a molestarme un gato negro, cuando estoy sola, hilando, y no sé qué hacer. ¡Estoy muy asustada!

—No te preocupes –le dijo él–, que hoy hilaré yo, disfrazado con tus ropas.

Así lo hicieron. El hombre se puso la ropa de su mujer, se fue a la cocina a hacer como que hilaba, y la mujer se acostó.

Cuando de madrugada apareció el gato negro, miró al "hilandero" y dijo:

—¿Cómo puede ser que siendo hombre estés hilando?

—¿Cómo puede ser que siendo gato estés hablando? –le replicó el humano.

El hombre agarró entonces un bastón oportunamente preparado, y le atizó un tremendo porrazo al gato haciéndole escapar renqueando.

Tras ese incidente, aquel hombre se fue a acostar. Pero, cuando iba a meterse en la cama, no solo descubrió que su mujer estaba despierta, sino que también se quejaba dolorida:

—¿Qué es lo que tienes? –le preguntó él.

A lo que ella, con cierto nerviosismo, respondió:

—¡Ay, ay, ay! Cuando iba a meterme en la cama, he tropezado y me he lastimado una pierna.

Como la hilandera no paró de decir "Ay, ay, ay", aquel hombre no pudo dormir en toda la noche.

Sin embargo, según dicen, más que por los continuos ayes de su mujer, si no pudo dormir fue porque empezó a abrigar la seria sospecha de que estaba casado con una bruja.

**

Esta curiosa versión no deja de tener su punto de ironía, si consideramos que en la leyenda original, conocida seguramente en el mundo entero, la hilandera nos es mostrada como víctima del gato y no como el gato mismo. Se ve que tampoco antaño faltó en la mentalidad popular aragonesa un toco de humor socarrón, ni hasta una terrible moraleja: el enemigo que quiere perjudicarte, y que imaginas que vendrá de fuera, puedes tenerlo dentro de casa y hasta formando parte de tu propia familia.

La posesa de Allende

En la casa "Allende" —nombre totalmente ficticio, ya que a los actuales propietarios de la misma no les apetece en absoluto que se dé a conocer aquí el verdadero—, en pleno corazón del valle de Borau, vivió en el siglo XIX una muchacha a la que todos conocían como "La posesa de Allende", aunque su verdadero nombre era Margarita. ¿Qué por qué lo de semejante apodo? Pues, como bien pueden imaginarse, porque la dicha moza estaba poseída, sí, sí, así, como suena.

Todo comenzó siendo aún muy cría, cuando una tarde Margarita se plantó muy firme ante la puerta de su casa, señaló al cielo con el brazo izquierdo, y comenzó a repetir:

—¡Va a diluviar! ¡Va a diluviar! ¡Va a diluviar…!

Como el día era veraniego, soleado y sin una sola nube sobre los picachos de aquel rincón del Pirineo, quienes la vieron al principio pensaron que la niña estaba jugando y no le dieron mayor importancia. Pero como pasase un buen rato y la pequeña no interrumpiera ni un instante su cantinela, además de notarle un deje raro en la voz, todos empezaron a prestarle más interés, aunque bien es cierto que sin lograr comprender qué le sucedía.

—¡Va a diluviar! ¡Va a diluviar! ¡Va a diluviar…!

Y diluvió una hora más tarde, ¡vaya que si diluvió!, pese a que nada hacía presumir un cambio de tiempo tan inmediato. Al principio parecía una tor-

45

menta de verano, pero pronto la tormenta se tornó tormentazo y el tormentazo auténtico diluvio, que arrasó campos, casas y establos, causando no pocos daños y unos cuantos muertos. La niña, Margarita, había acertado inexplicablemente en su pronóstico.

Tiempo después, una madrugada la misma niña se levantó de la cama como si estuviese sonámbula, se asomó a la ventana y, tan firme y seria como en la otra ocasión, y con el brazo izquierdo señalando hacia el horizonte, se puso a repetir:

—¡La casa "Aquitana" se va a quemar! ¡La casa "Aquitana" se va a quemar! ¡La casa "Aquitana" se va a quemar...!

Como esa casa en cuestión, que estaba en el mismo valle, no era visible desde "Allende", por distar de ella más de cinco leguas, los vecinos, que salieron sobresaltados a ver qué pasaba, pensaron que tal vez aquello era otra premonición de la pequeña Margarita, y se sintieron dominados por la mayor de las curiosidades.

—¡La casa "Aquitana" se va a quemar! ¡La casa "Aquitana" se va a quemar! ¡La casa "Aquitana" se va a quemar...!

Y se quemó. A la mañana siguiente, efectivamente, se confirmaba que esa noche la casa "Aquitana" había ardido por los cuatro costados, aunque afortunadamente sin que se produjeran víctimas mortales.

A partir de ahí todo fueron premoniciones y augurios, que irremisiblemente se fueron cumpliendo, lanzados por Margarita en estado que los que la conocían dieron en denominar "catalético". Dijo que iba a haber guerra, y la hubo. Dijo que se iba a morir el Papa, y se murió. Dijo que… En fin, todo lo que dijo en aquel estado, se cumplió irremisiblemente al poco rato de decirlo.

Según se fue haciendo más mayorcita, Margarita explicó a los suyos que no era ella la que hablaba cuando hacía premoniciones, pues luego no se acordaba de nada, sino que era alguien que llevaba dentro y hablaba por boca suya. Más tarde, al cumplir los siete años, aseguró que se trataba de un diablillo bueno, que tenía dentro del cuerpo, y que a veces lo sentía moverse por su interior, sobre todo cuando iba a pronunciar alguna de aquellas premoniciones a las que tan acostumbrada tenía al vecindario. ¿Entienden ahora por qué lo de "La posesa de Allende"?

Pero, según fue pasando el tiempo, sucedió, como era de esperar, que familiares y vecinos empezaron a interrogar a la niña para saber de un objeto perdido, del futuro de la cosecha, de la suerte en un negocio, qué sexo iba a tener el bebé de una embarazada, tener noticias de un ser querido ausente, pronosticar una enfermedad o hasta saber si tal o cual matrimonio previsto iba a ser feliz o desgraciado. Vamos, que, finalmente, a la pequeña Margarita se le consultaba sobre casi todo.

Ella, invariablemente, a cuantos demandaban su auxilio les decía lo mismo:

—¡Está bien, te ayudaré! Pero tienes que esperar a que sea el momento.

El momento podía llegar en cualquier momento, valga la reiteración, pues el diablillo bueno que tenía posesa a Margarita era un tanto perezoso. A veces respondía sin demasiada tardanza, pero en otras ocasiones podía remolonear y no dar señales de su existencia durante días y hasta semanas. Tanto en uno como en otro caso, Margarita lo sentía de pronto andarle por dentro de la barriga, dejaba lo que estuviera haciendo, se ponía muy firme —en estado "calético"—, alzaba invariablemente el brazo izquierdo y empezaban las respuestas, o las noticias de cosas no inquiridas:

—¡Tú prima, la de Uruguay, está bien de salud y pronto se quedará preñada! ¡Tú prima, la de Uruguay, está bien de salud y pronto se quedará preñada! ¡Tú prima, la de Uruguay, está bien de salud y pronto se quedará preñada...!

—¡Los cuarenta reales que perdiste no los perdiste, que te los robó el hijo del tío Pepón! ¡Los cuarenta reales que perdiste no los perdiste, que te los robó el hijo del tío Pepón! ¡Los cuarenta reales que perdiste no los perdiste, que te los robó el hijo del tío Pepón...!

—¡La boda del Manolo y la Antonia no saldrá bien! ¡La boda del Manolo y la Antonia no saldrá bien! ¡La boda del Manolo y la Antonia no saldrá bien...! (Y, en este caso concreto, no hubo boda).

—¡Van a apuñalar a la Reina, pero no se va a morir! ¡Van a apuñalar a la Reina, pero no se va a morir! ¡Van a apuñalar a la Reina, pero no se va a morir...!

Etcétera, etcétera, etcétera.

Naturalmente, los padres de Margarita estaban encantados con su niña, pues quienes venían a preguntar tal o cual cosa, siempre le traían algún presente o le dejaban un pellizquito de dinero. Tan famosa se hizo Margarita con su buen diablillo interior y su estado "catalético" adivinatorio, que vino a consultarle gente de todo el valle y allende el valle. Incluso franceses, navarros y castellanos fueron a consultarle cosas, amén de infinidad de aragoneses, y hasta se sabe de un inglés muy rico que la visitó. Además, el hombre más acaudalado del valle incluso llegó a pedir su mano a los padres de la pequeña, a fin de casarla en el futuro con su primogénito.

Pero, ¡ay!, cuando la niña fue mocita, vamos, que entró en la pubertad, la cosa cambió de pronto un día, un día terrible. No es que no siguiera adivinándolo todo gracias a su diablillo bueno, pero es que, de pronto, Margarita empezó a lanzar espuma por la boca, puso los ojos en blanco y, con un vozarrón de carretero, prorrumpió en disparates y palabras muy soeces, mandando a todos a la m…, bueno, a la porra por decirlo más amablemente. Explicó más tarde que aquello era cosa de otro diablo, pero en este caso muy malo, que también le andaba por dentro del cuerpo.

Otra tarde le dio por dar saltos y hacer contorsiones imposibles, desgarrándose los vestidos ante la consternación de sus padres, sin dejar de repetir con el mismo vozarrón de carretero:

—¡Es mía, Margarita es mía! ¡Es mía, Margarita es mía! ¡Es mía, Margarita es mía…!

Noches después, ya en el colmo de su asombro, los padres de la posesa sintieron a esta reírse a carcajadas en su cuarto, pero con carcajadas que no parecían en absoluto humanas. Por eso, corrieron a ver que le pasaba a su hija y, ¿se imaginan qué es lo que vieron? Pues que la muchacha estaba andando por el techo, cabeza abajo, como si fuese una mosca, sin dejar de carcajearse de aquella manera infernal.

En vista del cariz que tomaba la posesión de Margarita, y que a ojos vista empeoraba de día en día, quien tomó cartas en el asunto fue el señor cura. Este, después de haber recibido una lluvia de escupitajos e insultos por parte de la "energúmena" —ese fue el nombre científico que otorgó a la enferma—, recomendó a los padres:

—¡Hay que llevarla a Jaca sin pérdida de tiempo, para que le saquen los Evangelios en Santa Orosia! ¡Es el único modo que veo de que se cure y no se dañe ni dañe a los demás!

Y hasta Jaca la llevaron, sin pérdida de tiempo, atada a su cama y esta sobre un carro tirado por dos bueyes. Como la expectación levantada por la posesa era muy grande, a lo largo del recorrido se fueron añadiendo curiosos y desocupados, que llegaron a Jaca tras el carro en grotesca procesión. Mientras tanto, Margarita, o el diablo malo que la poseía, no dejó de rugir, carcajearse, escupir, tratar de liberarse de sus ataduras, decir terribles blasfemias y obscenidades múltiples, y tirarse muy sonoros pedos.

Por fin, en la capilla de Santa Orosia de la catedral jacetana, Margarita fue recibida por el exorcista, quien, revestido de casullas y sobrepellices vistosísimas, y rodeado de varios clérigos y monaguillos, un tanto asustados, le saludó arrojándole a la cara una hisopada de agua bendita. Fue hacer tal cosa y ponerse la energúmena a rugir y revolverse como loca, necesitando ser sujetada por cinco o seis forzudos, a los que propinó cabezazos y arañazos variados en su arrebato. Por último, la infeliz muchacha vomitó una bola blanca, como de algodón, que cayó al suelo y rodó vertiginosamente hasta esconderse tras un agujero, como si de un ratoncillo se tratase. Casi en seguida arrojó una segunda bola, mucho mayor que la primera y de color negro, que pudo ser pisada por el zapatón de uno de los clérigos.

Tranquilizándose de pronto, tras la extraña expulsión, Margarita ya no necesitó ser sujetada, ni se revolvió, ni escupió, ni dijo disparate alguno. Más aún, accedió de muy buen grado, y con gran fervor, a que el exorcista le "sacase" los Evangelios, tras lo cual, y hasta el día de su muerte, y eso que murió de vieja y muy vieja, nunca más volvió a tener posesiones diabólicas. Claro está, que tampoco pudo echar pronósticos, ni recibió donativos a cambio, y no se casó con el hijo primogénito del hombre más acaudalado del valle. Pero estaba curada, feliz, completamente sana, y ya siempre fue una persona absolutamente normal, del todo ajena a cualquier estado "catalético" y sin el menor síntoma de "energúmena".

Por cierto, dicen que la bola negra que arrojó Margarita, que estaba formada por cabellos y tenía seis clavos oxidados en su interior, y que durante muchos años la conservó el cura de su pueblo, antes de arrojarla al fuego, era el diablo malo. La bolita de algodón blanco, en cambio, que aunque fue buscada cuidadosamente por clérigos y monaguillos tras la ceremonia del exorcismo, que nunca se encontró, era sin duda el diablillo bueno.

El árbol del infortunio

Cuentan que, a cierto peregrino francés que regresaba de Santiago, contento y con el alma limpia, y animoso porque estaba ya a muy pocas jornadas de su casa, de pronto, una tarde, le salió al paso una mujer desnuda. Era una joven de buenas carnes y curvas seductoras que, plantándose de espalda en medio del camino, con las piernas bien abiertas, inclinó la mitad superior de su cuerpo hacia adelante, mostrando descaradamente al peregrino una grupa que era pura tentación.

El peregrino se detuvo al instante, sobresaltado y con el corazón palpitándole como loco en el pecho, pensando que sin duda aquello era una visión diabólica, enviada por el maligno para tentarle y hacerle pecar. Por eso, el piadoso caminante cerró los ojos y gritó:

—¡Satanás, no te temo! ¡*Vade retro*, Satanás!

Cuando instantes después volvió a abrir los ojos, la mujer había desaparecido.

Reanudó su andar el peregrino, y lo hizo con cierto sigilo, sin dejar de pronunciar jaculatorias piadosísimas en loor de Santiago y la Santísima Virgen, a quien siempre tomaba por defensores de su pureza.

Pero de poco debieron valerle las oraciones, pues no tardó en vislumbrar a la misma hembra, y en idéntica postura obscena en mitad del camino, a pocos metros de él. Ahora, para mayor tentación, movía el trasero de una manera que quería ser incitadora, pero que al caminante le pareció diabólica.

Sin embargo, esta vez no se detuvo el peregrino, ni cerró los ojos, aunque sí exclamó con todas sus fuerzas y todo su fervor:

—¡*Vade retro*, Satanás!

La mujer echo a correr y desapareció en un santiamén. Mas, por no haber cerrado los ojos, en esta ocasión el peregrino pudo apreciar claramente las formas femeninas hasta en sus detalles más secretos, y aquella visión, aunque en un principio le había vuelto a espantar, según seguía caminando volvían a su mente y le turbaban.

Por tercera vez se plantó aquella desvergonzada en medio del camino, y por tercera vez le mostró el trasero de manera obscena y tentadora, tan tentadora que, además de no detener su paso, ahora el peregrino tampoco pronunció invocación alguna. Dominado por una mezcla de morbosa curiosidad, excitación y deseo, terminó por recorrer el trecho que le separaba de la fémina y finalmente se detuvo cuando la tuvo al alcance de la mano.

La muchacha volvió un instante la cabeza, sonriéndole al peregrino, y este pudo comprobar que, efectivamente, era bellísima. Además, olía muy bien, a hembra en celo, aroma que debido a su peregrinaje, el caminante hacía mucho tiempo que no absorbía. Y luego estaban aquellas formas capaces de volver loco al hombre más templado, y tan al alcance de su mano, y en la soledad del camino…

En fin, que el peregrino finalmente posó sus manos sobre los glúteos de la desconocida y, como comprobase que era de carne y hueso y no un espejismo, no tardó en decidirse a gozar de aquel manjar que se le ofrecía y terminó por caer en la tentación. Para colmo de suciedad, ni siquiera la tomó por el camino correcto, el de la procreación, tal vez por un repentino temor a la misma, y se internó por un pasaje mucho más angosto, tortuoso y pecaminoso.

Disfrutando estaba de tan inesperada experiencia el peregrino, ahora sí, con los ojos velados por el placer y los párpados entornados, cuando sintió gran vocerío a su alrededor. Abrió entonces los ojos, volviendo a la realidad de repente, y, ¿que vio? Pues nada menos que a un grupo de labriegos, armados con gruesos garrotes, que se acercaban a él con intenciones nada amistosas. Pero no era eso lo peor, sino que, sin saber cómo ni en qué momento, la bella mujer con la que estaba gozando se había convertido entre sus piernas en una cabra de color ceniza, que lanzaba lastimeros gemidos por sentirse penetrada.

El peregrino se apartó de la cabra y echó a correr aturdido, logrando esconderse tras un añoso árbol y zafarse así de los labriegos, alguno de los cuales parecía ser el dueño de aquel animal. Luego se fue tranquilizando, y cayó en la cuenta, en primer lugar, de que acababa de pecar, y, en segundo, de que si los labriegos lo atrapaban, no sería raro que acabara en una mazmorra de la Inquisición, si antes no perecía en un linchamiento. De acabar prisionero de la Inquisición, a buen seguro pagaría con su vida en una hoguera aquel grave pecado, aquel crimen contra natura, junto a la propia cabra, pues nadie ignoraba que el delito de bestialismo se purgaba con el fuego, y que al mismo eran arrojados el humano y el animal.

Por un momento, a aquel peregrino incluso se le pasó por la cabeza reemprender de inmediato una nueva peregrinación a Santiago de Compostela, para redimir esta inesperada y terrible culpa. Pero se sintió tan cansado, tan derrotado, tan sin espíritu, que no lo hizo, prometiéndose confesarse en cuanto llegase a su pueblo. Pero no tardó en desistir también de este propósito, pues si confesaba haber practicado el bestialismo, y por ser también considerado en su tierra crimen terrible y nefando, tal vez el confesor le obligase a entregarse a la justicia por voluntad propia, si quería obtener la absolución.

Total, que, después de mucho pensar, mucho martirizarse y mucho mortificarse haciéndose una mil cábalas sobre su futura suerte, aquel peregrino salió de su escondite, ya entrada la noche, trepó como pudo hasta la copa del árbol, se quitó el cordón que llevaba ceñido a la cintura, ató uno de los extremos a una rama, se anudó el otro extremo a su cuello… y se dejó caer al vacío.

Ya no existe tal árbol, al que también se le denominó durante mucho tiempo "El árbol del ahorcado" y "El árbol del francés". Pero, según aseguraban los lugareños, al menos hasta la quinta década del siglo pasado, debió estar situado entre Jaca y Puente la Reina de Jaca, no lejos del camino a Santa Cruz de la Serós y San Juan de la Peña. Sin embargo, otras versiones sitúan los hechos más arriba, entre Villanúa y el puerto de Somport, e incluso al otro lado de la frontera pirenaica.

Un pueblecito tranquilo

Hubo en la orilla derecha del río Aragón, en tierras hoy cubiertas por el embalse de Yesa, un pueblecito muy tranquilo, muy tranquilo, donde nunca pasaba nada y sus trescientos treinta y tres habitantes, más el párroco, se morían constantemente de aburrimiento.

Un día, un día cualquiera, llegó un fraile inquisidor, muy serio, muy estirado y muy colérico, que vociferó desde lo alto del púlpito:

—¡Si alguno sabe de bruja o brujo en el pueblo, que me lo diga luego en la sacristía, pues de lo contrario arderá para siempre en el infierno!

Terminada su prédica, el fraile se encerró en la sacristía, por la que fueron desfilando, uno por uno, todos los vecinos del pueblo, todos salvo los bebés y niños que todavía no hablaban.

—¿Qué, ha encontrado vuestra merced alguna persona bruja? —le preguntó jovialmente el párroco al inquisidor, cuando este hubo abandonado la sacristía.

—¿Alguna decís? —inquirió el inquisidor furibundo—: ¡He encontrado nada menos que trescientas treinta y cuatro!

Las tres bellezas

De camino hacia Santiago de Compostela, y por culpa de lo agreste del terreno, un peregrino bearnés se perdió en las cercanías de Larrau –Larrañe–, enclave pirenaico del *Pays de Soule* fronterizo a Navarra. Aunque había luna llena, como la noche se le echaba encima y había escuchado el inquietante aullido de algún lobo, empezó a desesperar muy asustado. Mas, de pronto, ¡oh, felicidad!, descubrió una luz en la lejanía y hacia ella encaminó sus pasos.

Se trataba de una sólida mansión de piedra, bastante elegante, que estaba en medio de un bosquecillo. Por suerte para el peregrino, en ella vivían tres hermanas muy jóvenes, que acogieron al peregrino con los brazos abiertos. Y no solo con los brazos abiertos… Porque lo cierto es que aquella noche que se prometía terrible para el bearnés, resultó ser la mejor noche de su vida, ya que cenó opíparamente con las tres jovencitas y, tras una velada en la que no faltaron ni músicas, ni bailes, ni risas, por último, se acostó con las tres.

En efecto, fue una noche de ensueño, inolvidable, irrepetible, perfecta… Pero antes de rayar el alba, las jóvenes animaron al peregrino a seguir su camino, para que aprovechase al máximo las horas de luz y no volviera a perderse en medio de una montaña con lobos, dijeron, y lo despidieron con besos y abrazos. Pero antes de abandonar aquella casa tan confortable, cada una de las hermanas hizo un raro obsequio al peregrino.

Una puso sus labios, a modo de suave beso, en los párpados del bearnés, y dijo:

—¡Para que desde hoy tengas mejor vista!

La segundo le besó en ambas orejas y dijo:

—¡Para que desde hoy tengas mejor oído!

La tercera le besó en la frente y dijo:

—¡Para que desde hoy seas más prudente en tus juicios!

El bearnés reanudó su camino, aunque bien es cierto que de buena gana se hubiese quedado allí para toda la vida, y pronto aquella casa quedó atrás.

El camino hasta Santiago de Compostela, a partir de aquí, fue como un jardín de rosas para el peregrino bearnés, pues todo le salió bien: no tuvo el menor percance ni incidente, ya no volvió a perderse, no se cansó lo más mínimo y todo el mundo lo acogió con una hospitalidad que a él le pareció exquisita. También había podido percatarse este peregrino, de que desde su partida de Larrau sus sentidos se habían agudizado, era como si tuviese una vista más aguda y un oído mucho más fino. Pero también se había vuelto muchísimo más prudente a la hora de abrir la boca para decir algo.

Como era previsible, de vuelta de su peregrinación el bearnés decidió acercarse a la casa de sus sueños al pasar por Larrau. Y se adentró en el bosquecillo, esta vez de día, y descubrió la casa en medio del mismo. Pero algo no encajaba, pues la casa no era ahora una bella y sólida mansión, sino unos pocos muros en ruinas, cubiertos de hiedra y maleza. ¿Cómo era posible semejante cambio?

El peregrino se apartó de aquel lugar sin comprender nada, aunque corroído por una rara inquietud, una especie de mezcla de temor e incredulidad. Una sensación desconocida y desagradable, que se acentuaría en el propio Larrau cuando le informaran de que aquella casa por la que él se interesaba hacía más de un siglo que fue abandonada, y entre sus ruinas en la actualidad habitaban tres ancianas decrépitas. Tres mendigas hurañas, probablemente gitanas, de las que todo el mundo huía como de la peste, ya que en el pueblo eran tenidas por brujas muy peligrosas.

El anticristo de Dendaletxia

Aquella muchacha de Dendaletxia –casa del pueblo bajo navarro de Uhart-Mixe, que en vasco se llama Uharte-Hiri– le gustó al joven de esta leyenda porque era distinta a las demás mujeres. Se dejaba besar en la boca, no se resistía a lo atrevido de sus caricias y no se escandalizaba cuando le susurraba lindezas al oído. Además, ella elegía siempre, para sus encuentros, los rincones más sombríos y poco frecuentados por la gente. En fin, le gustaba también porque sabía tomar la iniciativa a la hora de besar, de acariciar, de susurrar...

Pero, aunque el muchacho se sentía junto a ella como en el mejor de los cielos, pues era infrecuente encontrar en las mozas de su edad, la soltura, gracias y desparpajo que ella demostraba, una cosa le contrariaba enormemente, y era que, cuando excitado por los repetidos besos y encendido de pasión por el intercambio de íntimas caricias, intentaba una aproximación más rotunda, ella se mostraba esquiva e inaccesible. De ese modo, cada día, al apartarse de su lado él se sentía invadido por una gran insatisfacción, dominado por el desasosiego propio de una imperiosa necesidad no satisfecha.

—¡¿Por qué nunca quieres que terminemos lo empezado?! –le preguntaba el joven una y otra vez.

A lo que ella siempre le respondía:

—¡No seas impaciente, que todo llegará a su debido momento!

Pese a su contento por la generosidad de la chica en sus concesiones, el muchacho no podía entender aquella última negativa suya. Creía estar seguro de que, tanto él, como ella misma, deseaban ardientemente la misma cosa. ¿Entonces...?

—¡En el fondo es como todas! –solía refunfuñar con enfado el joven, de regreso a su casa.

Hasta que una tarde, exactamente la de un viernes, cuando los dos jóvenes se entretenían con sus habituales escarceos, coincidió en venir a aparearse, cerca de donde ellos se encontraban, un asno y una mula. La cópula animal, cuyo fondo sonoro estaba adornado por un concierto de rebuznos, atrajo poderosamente la atención de la pareja humana, excitándola de manera desacostumbrada. Fue entonces cuando ella, con los ojos iluminados por un irresistible deseo erótico, le propuso de pronto al muchacho:

—¡Si quieres hacer conmigo lo mismo que a la mula le está haciendo el asno, ven esta noche a mi casa!

Fueron tan rotundas las palabras de la mujer, que cogieron por sorpresa al hombre. Por eso, con cara de lelo, balbució incrédulo:

—¿De verdad quieres que esta noche...?

—¡Sí! –insistió ella, acercando melosa su rostro al de él–. Ven a mi casa cuando todos estén durmiendo, que ya me encargaré yo de que encuentres la puerta abierta; luego sube directamente las escaleras que van a dar mi alcoba, en la que yo te estaré esperando –mas, adquiriendo una inesperada dureza, añadió–: ¡Pero, por nada del mundo se te ocurra aparecer después de las doce, óyeme bien, por nada del mundo!

—¡Está bien, seré puntual! –prometió el joven, dominado por un visible nerviosismo que a ella le hizo sonreír picaruela.

Se despidieron y el joven volvió a su casa como un sonámbulo. Ni tan siquiera pudo cenar, con gran asombro de su familia, tal era la impaciencia que le dominaba. ¡Consumar el tan ansiado placer con aquella muchacha! Semejante maravilla más le parecía fruto de un sueño que de la realidad. Así, en cuanto cayó la noche, se acicaló lo mejor que supo y se dispuso a correr hasta Dendaletxia.

Mas un pequeño incidente vendría a retrasar su partida. Y es que, una vaca preñada, que tenían en la cuadra, no tuvo ocurrencia más oportuna que ponerse a parir en aquel preciso momento. Mucho refunfuñó, mucho despotricó contra el Cielo y contra su mala pata, pero al pobre hombre no le quedó más remedio que ayudar a su padre en tan delicada labor.

Total, que cuando al fin pudo ponerse en camino hacia la casa de sus anhelos, era ya casi media noche. ¡Mira que si no llegaba antes de las doce...! No quería ni pensar en ello. Mientras corría como un loco, se iba repitiendo mentalmente que a las mujeres no hay que hacerlas esperar. ¡Mira que si ya que el asunto era cosa hecha...!

Pero, por más que corrió y corrió, por más que se dejó el aliento en el camino, cuando llegó a Dendaletxia eran muy pasadas las doce. Pese a ello, aunque con enorme enojo por su mala suerte, se acercó hasta la casa. Y, como viera que la puerta trasera estaba abierta y todos los habitantes de la vivienda parecían dormir, incluso los perros, se coló sigilosamente en su interior.

Con el máximo de precauciones, procurando no hacer el menor ruido, ascendió por las escaleras tal como la muchacha le indicase, encontrándose, al final de ellas, ante otra puerta entreabierta. Aplicó el oído a la hoja de madera, contuvo la respiración... Pero, como nada logró oír, la empujó decididamente.

Se encontró así en una habitación pequeña, con una cama próxima a la ventana. Como el reflejo de una luna pálida se colaba luminoso por los cristales, inundando de blancura la cama, pudo descubrir de inmediato que, sobre la misma, tumbado, había un cuerpo desnudo, un cuerpo femenino, hermoso, sugerente... Unos pechos firmes de pezones afilados, un ombligo amplio, un pubis oscuro...

—¡Es ella, todavía me está esperando! —susurró el muchacho muy aliviado, creyéndola dormida.

Por eso se acercó al lecho y depositó un suave beso sobre los labios entornados de la durmiente. Mas, al hacerlo, se estremeció con sobresalto por sentirlos exageradamente fríos. Aun así, y tratando de rechazar de su ánimo cualquier temor, le acarició el vientre. De nuevo volvería a estremecerse, pues igualmente lo encontró tan frío como el mármol. Y asimismo estaba frío su pecho. Y su sexo... Y no respiraba. Tenía, además, la piel pringosa, como bañada por un aceite de penetrante aroma.

—¡Está muerta! —se dijo con espanto.

Pero en vez de huir, escapar de la casa inmediatamente y evitarse complicaciones, se arrodilló junto al lecho y se dedicó a contemplar largamente el cuerpo femenino. ¡Era tan hermoso! Tanto lo miró, tanto se deleitó en acariciarlo, pese a su resbaladiza frialdad y lo penetrante del aroma que de su piel emanaba, que acabó por sentirse ferozmente excitado, asaltado por un morbosísimo deseo... Y, venciendo su pasión a su sensatez, apartando de su pensamiento cualquier inoportuno escrúpulo, acabó por acomodarse sobre aquel cuerpo y concluyó la empresa que hasta allí le había traído.

Después sí, después de terminado el macabro abrazo, salió presuroso de la alcoba y de la casa, y corrió de vuelta a la suya sintiéndose asqueado consigo mismo, dominado por un extraño malestar en su ánimo.

—¡Soy un infame! —se repitió muchas veces, enormemente afligido, aquella noche.

Tras la nocturna aventura, el muchacho no volvió a saber nada más de la muchacha de Dendaletxia. Estaba tan avergonzado por su conducta, que ni tan siquiera tuvo el valor de acercarse por la casa para enterarse de qué había muerto la infortunada. Supuso que sería enterrada al día siguiente, y que nadie logró descubrir su intrusa presencia en la alcoba de la desdichada.

Aunque acertaba plenamente en la segunda de sus suposiciones, no sucedía lo mismo con la primera. En absoluto, porque, ciertamente, nadie se enteraría jamás de su intempestiva visita a Dendaletxia, ni siquiera la propia muchacha. Sin embargo esta no estaba muerta, ni muchísimo menos. Quienes la conocían pudieron verla a la mañana siguiente, y en mañanas sucesivas, trabajando en la huerta de su casa como era habitual en ella. Bien es cierto que, secretamente, se había sentido muy extrañada por la ausencia del muchacho, pero, pensando que tal vez su propuesta le había asustado, terminó por no darle mayor importancia y acabó por olvidarlo.

Nueve meses más tarde, una noticia insólita vendría a turbar la paz del muchacho, quien por aquel entonces acababa de contraer matrimonio. Sería precisamente su propia esposa la que, a la vuelta del trabajo, le informase un día:

—¡¿Sabes una cosa terrible...?, pues que la muchacha de Dendaletxia ha parido al anticristo!

El joven casi se cayó de espaldas al escuchar tal cosa. Mas, tratando de que sus nervios no le traicionasen, escuchó con fingida calma toda la historia.

A pesar de ser soltera, la muchacha de Dendaletxia había parido un bebé enclenque y deforme: "Un pequeño monstruo" –decía la gente–. Interrogada entonces por la justicia, a petición de sus propios padres, había declarado ser bruja desde hacía casi un año. Incluso reconocía haber mantenido comercio carnal con el diablo, nueve meses antes, en una de sus visitas al aquelarre. Fruto de aquella relación satánica precisamente, había engendrado al pequeño monstruo.

El muchacho se quedó helado al saber todo esto, pues, según las precisiones que al parecer la infeliz había hecho, la noche que fue poseída por el diablo en su visita al aquelarre, no era, ni más ni menos, que la de aquel famoso viernes, cuando él, y no el diablo, copuló con lo que creyó era el cadáver de la infortunada.

La "bruja" fue quemada públicamente poco tiempo después, mientras que el fruto de su vientre, que no logró cumplir ni una semana de vida, era inhumado en tierra sin bendecir.

Por su parte, el verdadero padre de la extraña criatura, para evitarse complicaciones, ni trató de salvar a la muchacha, haciendo público su secreto, ni lo reveló. Eso sí, puso buen cuidado de no volver a colarse en vagina alguna, y menos que en ninguna en la de su propia esposa, por lo que pudiera pasar… Todo ello amargó su existencia, hizo desafortunada su vida conyugal y lo arrastró a una prematura muerte, momentos antes de la cual confesó a un sacerdote esta historia. Además, le hizo prometer que la transmitiría a la familia de la "bruja", a fin de lavar en lo posible su memoria. Aunque…, ¡a buenas horas!

¡Llévame a Donazaharre!

Lo que sigue es el insólito caso vivido por cierto peregrino del norte de Francia, al pasar por el país de Mixe en su caminar hacia Santiago de Compostela. Por lo visto, habiendo dejado atrás Donapaleu –Saint-Palais–, se encontró una anciana tirada en medio del camino. Como la desconocida parecía estar muy enferma, incluso moribunda, el buen peregrino no lo dudó un instante y se la cargó a la espalda con el propósito de regresar a Donapaleu para que la atendiesen debidamente. Sin embargo, y aunque la vieja parecía medio muerta, como decimos, al ver el rumbo que tomaba el peregrino exclamó con firme voz:

—¡No, no, no retrocedas! ¡Llévame a Donazaharre!

Obedeció el peregrino contrariando el gesto, pues para Donazaharre aún quedaba un buen trecho, y echó a andar con la vieja a cuestas. Anduvo y anduvo y por fin, cuando llegó a Uharte-Hiri –Uhart-Mixe–, agotado por el esfuerzo, e hizo ademán de detenerse para descansar, la vieja volvió a hablar para decir:

—¡No, no, no te pares y llévame a Donazaharre!

Nada objetó el peregrino y siguió caminando, pensando que tal vez aquello era una prueba que el Cielo le enviaba para probar su paciencia. Y anduvo, anduvo y anduvo, sin detenerse ni un instante, pues, invariablemente, cada vez que hizo ademán de detenerse para tomarse un respiro, la anciana le soplaba junto a la oreja:

—¡No te pares y llévame a Donazaharre!

Atravesó campos y aldeas, pasó junto a fuentes y vadeó riachuelos, pero el peregrino no se detuvo siquiera para saciar la sed. Y es que, incluso antes de que pretendiese hacer el gesto, la vieja le repetía invariablemente, y cada vez con la voz más ronca, su consabido:

—¡No te pares y llévame a Donazaharre!

Cuando el agotamiento de aquel buen peregrino era tan manifiesto, que ya su caminar se hizo desigual y cansino, la vieja, ahora de manera apremiante y con un tono en extremo severo, le repitió insistentemente:

—¡Anda más de prisa y llévame a Donazaharre!

Aunque el peregrino ya no podía con su alma, asustado por el insospechado tono de la vieja apretó el paso cuanto pudo, hasta el punto de que cuando entró en Donazaharre –Saint-Jean-le-Vieux– lo hizo casi corriendo, sí, pero a trompicones y tambaleante. Finalmente, cayó de bruces ante la puerta del hospital de peregrinos. Varios peregrinos, y algunos religiosos, corrieron a auxiliarlo. Entonces el peregrino, que ahora era el medio muerto, en el límite de sus fuerzas, suplicó:

—¡Auxilien a esta pobre anciana que llevo a la espalda, pero, por Dios, quítenmela de encima enseguida, que ya no puedo más!

La cara de asombro que pusieron quienes oyeron esta petición desconcertó al peregrino. Sin embargo, más todavía iba a desconcertarle la pregunta que a continuación le hicieran un tanto irónicos:

—¿Qué anciana?

El peregrino se palpó presuroso los hombros y la espalda, y se quedó atónico al descubrir que de la misteriosa vieja no había ni el menor rastro. Y tampoco entró en Donazaharre con vieja alguna a cuestas, tal como aseguraron una y otra vez cuantos testigos fueron preguntados. En fin, que todos dieron en suponer que aquel peregrino del norte de Francia se había vuelto loco, sin duda por culpa de lo duro de su peregrinar.

La maldición de Kataliñ

Estaba amaneciendo, cuando Kataliñ, una joven que vivía en los alrededores de San Juan el Viejo, salió de su casa, con el cántaro de barro bajo el brazo, en busca de agua a la fuente, y a pocos metros del portal observó que un apuesto caballero, sombrero caro, buen traje y amplia sonrisa, la venía siguiendo. Colorada como un tomate, sintiendo que los pasos masculinos estaban cada vez más cerca, se volvió y le preguntó al desconocido:

—Señor, ¿qué queréis de mí?

—¡Tan solo deseo acompañaros hasta la fuente! –respondió tranquilamente el caballero.

—¡No debéis hacerlo –protestó la muchacha–; pensad que mi padre nos observa desde la ventana de la sala!

—¡Poco hombre sería yo si temiese a vuestro padre! –respondió con desparpajo el desconocido, arrebatándole galantemente el cántaro.

De nada sirvieron protestas ni amenazas. Ante el enfado de Kataliñ, más ficticio que sincero, el galán no solo no se deshizo del cántaro, sino que la acompañó hasta la fuente. A decir verdad, en vez de sentirse molesta, la joven había de reconocer que le satisfacía profundamente aquella inesperada compañía masculina. De la satisfacción, pasó casi en seguida a la curiosidad. De la curiosidad a un soterrado deseo. Y del deseo a una alegría desbordante, que empezó a anular en ella todo recato. En resumen, que al llegar a la fuente Katalañ estaba perdidamente enamorada de aquel caballero.

No le importó, por eso —ni tampoco protestó—, que el desconocido, tomándola resueltamente por el talle, con gran familiaridad le invitase:

—¡Bebamos!

—¡No tengo sed, caballero! —respondió ella, pero sin soltarse del repentino abrazo.

Tampoco le molestó, ¡todo lo contrario!, que él, atrayéndola más hacia sí, con maneras de consumado seductor le robase un suave beso de sus juveniles labios, al que, por cierto, aunque inexperta, ella se entregó apasionadamente. Ni siquiera le resultó irritante que el desconocido le inquiriese con tono autoritario:

—¿Cuántos años tenéis, chiquilla?

—Dieciséis... —contestó ella en voz muy baja, con más embeleso que timidez—. Aún no he cumplido los diecisiete.

Meneó la cabeza el caballero y a ella le pareció notar en su gesto una mezcla de contrariedad y regocijo, sobre todo cuando exclamó seguidamente:

—¡Sois demasiado joven para que pueda casarme con vos!

Tembló el corazón femenino ante tales palabras. Pero mucho, infinitamente mucho más, cuando el caballero, volviendo a estrecharla entre sus brazos, fundiese su aliento con el de ella nuevamente. Fue otro beso rebosante de pasión. Más profundo esta vez. Más agresivo también... Menos corto que el primero.

Volvió la muchacha de tan delicioso transporte amoroso, reaccionando con sobresalto.

—¡He de volver a casa sin tardanza, pues de otro modo no sabré qué decirle a mi madre! –exclamó apresurándose a colocar el cántaro bajo el líquido caño de la fuente.

—¡No le digáis nada, amada mía, no volváis a casa; dejad el cántaro y venid conmigo! –le propuso de buenas a primera el caballero.

—¡Eso no puede ser, que luego de gozarme me abandonaríais! –fue la respuesta tajante de Kataliñ, quien, retirando decididamente de la fuente el cántaro rebosante de agua, emprendió el regreso con ligereza.

El caballero la siguió unos pocos pasos, no más de cinco o seis. Luego se detuvo y le gritó desde lejos:

—¡Pensáoslo, chiquilla, yo sabría haceros inmensamente feliz, tanto que nunca os pesaría haberme seguido!

Aunque por una parte aquellas palabras le asustaron, por otra fueron un poderoso influjo al que difícilmente podía sustraerse. Mas, sin detenerse, la muchacha resistió la tentadora propuesta y regresó a su casa.

—¡¿Por qué has tardado tanto?! –le preguntó con muy mal talante la madre a la hija, cuando esta hubo llegado al portal.

Kataliñ improvisó rápidamente una mentira con la que salir del apuro, y le contestó:

—Cuando volvía, una paloma manchó el agua del cántaro y hube de regresar a la fuente.

—¡Que el diablo te lleve por embustera y desvergonzada! –rugió la madre–. ¡Tu padre ha podido ver, desde la ventana de la sala, cómo te acompañaba un caballero desconocido!

Aquella madre, su madre, tenía la mala costumbre de maldecir por cualquier cosa. Pero, aunque ello siempre enojó muchísimo a Kataliñ, hoy le complació extrañamente. Sucedía que, sin saberlo la madre, esta acababa de darle una gran idea a la hija. La decisión de marcharse con el desconocido caballero de buenas maneras y excitantes gestos, acababa de ser tomada por la joven. Mas, ¿cuándo volvería a verlo, si es que eso sucedía?

Sucedió, vaya si sucedió, y sin que Kataliñ hubiese de esperar mucho. El escenario en el que se produjo este segundo encuentro fue el lavadero, un tanto apartado del pueblo y muy solitario a aquella hora del mediodía. Únicamente nuestra joven se ocupaba de hacer su colada, arremangada, ligerita de ropa y descotada. ¿El motivo? Pues, sencillamente, que se había mojado el vestido. Por eso, el desconocido la sorprendió con tan solo unas enaguas empapadas, que transparentaban generosamente las protuberancias y sinuosidades de su bello cuerpo. Sonrió, gratamente halagado por tan embriagadora visión, y, colocándose a espaldas suyas, la abrazó por la cintura y la besó en el cuello.

Ella se sobresaltó, giró en redondo y…, ¡allí estaba su amor! Mejilla contra mejilla. Labios contra labios. Cuerpo contra cuerpo… Suspiró dichosa y musitó:

—¡Amado, me iré con vos; sí, os seguiré para que me hagáis vuestra!

Mucho agradaron aquellas palabras al desconocido seductor, quien hubiera deseado poseer allí mismo a la muchacha. Pero hubo de contener sus ímpetus cuando ella, rechazándolo con dulzura, le propuso:

—¡Esta misma noche podremos gozar plenamente de nuestro amor! Mas es preciso que sigamos el plan que he ideado, para dejar en bien mi honra y a la vez escarmentar a mi madre. ¡Escuchadme atentamente! Me esperaréis a la puerta de mi casa, que yo cuidaré de que esté abierta. Vendréis cubierto con una capa negra, con una máscara horripilante que asuste a quien la vea y con un veloz caballo. Así, cuando mi madre, como suele ser habitual en ella me maldiga por cualquier tontería que yo forzaré, vos penetraréis en la casa, me arrebataréis bruscamente, y ella, que es bastante estúpida, pensará que me secuestra el diablo. De ese modo tendrá que llorar de por vida el haberme maldecido, y nosotros disfrutaremos sin escándalo de nuestro amor.

—¡Se hará como decís! —aceptó divertido el caballero, robándole un último beso a la muchacha, a la par que le daba un pellizquito en cierta región prominente de su torso.

Era ya de noche, cuando Kataliñ bajó a abrir discretamente la puerta de la calle y pudo observar a un jinete agazapado entre las sombras del porche. Sonrió con regocijo y luego se puso a peinarse los cabellos, sentada en el portalón de la vivienda.

Como otras noches, la madre le gritó desde el interior de la casa:

—¡Kataliñ, ven a preparar la cena!

También, como otras noches, la muchacha siguió peinándose tranquilamente, sin atender la llamada materna. La madre insistió en su demanda tres o cuatro veces, hasta que, harta de no ser escuchada, exclamó con el mal humor de costumbre:

—¡Que el diablo te lleve por desobediente!

Justo en ese preciso instante, la puerta de la calle se abrió de par en par, con gran estrépito, y penetró en el portalón una negra figura a caballo, embozada en oscura y amplia capa, de rostro demoníaco y felina agilidad, quien, levantando a Kataliñ en volandas, la sentó sobre su brioso corcel.

—¡Socorro, que me rapta el diablo! —chilló con fingida desesperación la muchacha; pero, inmediatamente después, le susurró al desconocido en voz baja—: ¡Al fin vuestra!

Cuando los padres de Kataliñ salieron alarmados a ver qué sucedía, su hija estaba ya a unos doscientos pasos de la casa. Mucho chilló la madre, desesperada y tirándose de los pelos. Mucho amenazó el padre, rugiendo como loco. Pero nada pudieron hacer por su hija.

Un rato después, cuando el caballo se detuvo ante la boca de una gruta de la montaña, Kataliñ, impaciente y muy excitada por la aventura, se abrazo a su secuestrador y le suplicó:

—¡Amor mío, quitáos ya la máscara y hacedme vuestra!

¡Lo que se rió entonces aquel caballero! ¡Lo que se sobresaltó la pobre Kataliñ ante tan desconcertante actitud! Tanto se asustó, que se apresuró a ser ella misma quien arrancase a su galán tan horripilante máscara.

Pero, ¡oh, terrorífico desengaño!, no pudo hacerlo. No, pues, aunque tarde, descubría entonces que aquella era la verdadera faz del ser de quien tan locamente se había enamorado. ¿El diablo...? ¡El diablo!

Los dos gibosos

En San Juan de Pie de Puerto —en lengua vasca Donibane-Garazi—, capital histórica de la Baja Navarra, vivía un giboso que, pese a su condición, había recibido promesa de matrimonio por parte de una bella vecina suya. Hacía ya algún tiempo que los jóvenes se hablaban en secreto. Al principio él se sentía muy cortado, pero ella siempre dio muestras de profesarle un sincero amor, no pareciendo prestarle atención a su defecto físico. También fue ella la que se decidió a dar el primer paso en el inicio de las relaciones, pues tanto era el temor del joven a ser rechazado que la hubiera perdido para toda la vida antes de decidirse a hablarle de amor.

Una cosa extrañaba mucho al novio y le mantenía intrigado. Era que la novia, aunque se veían a diario, le tenía terminantemente prohibido que fuera a visitarle el sábado por la noche. Esto le entristecía profundamente a él, pues era el día señalado por la costumbre para mantener entrevistas amorosas.

Según fue pasando el tiempo, el muchacho comenzó a abrigar sospechas de que si su prometida no quería recibirle esa noche, era porque se dedicaba a hacer algo que deseaba ocultar. ¿Por qué no tenía confianza en él, si demostraba quererle tanto?, y, sobre todo, ¿qué hacía tan secretamente?

Mortificado por la duda, contraviniendo la prohibición el novio decidió acudir un sábado por la tarde a casa de la novia. Al llegar salió a abrirle el padre de la chica, que nada más verle le comunicó que ella no estaba en casa. Como no supiera el buen hombre darle norte de dónde se encontraba su hija, el joven hubo de marcharse más entristecido aún.

Al día siguiente el muchacho le exigió a su prometida, de manera un tanto brusca, que le dijera dónde había estado la noche anterior. Ella trató de resistirse al principio, pero como él le jurase mantenerle el secreto, acabó por revelarle:

—Mucho me cuesta decírtelo, pero ya que me obligas a ello, y para que no pienses que no te quiero sinceramente, ahí va: la noche pasada estuve en el aquelarre.

El giboso contempló a su novia alelado, antes de exclamar:

—¡Eres bruja!

—¡Sí, soy bruja! –confirmó ella tranquilamente.

El muchacho no salía de su estupor. ¡Era novio de una bruja! ¿Cómo podía ser bruja una muchacha tan buena y encantadora como su novia? Viendo ella el aturdimiento que sus palabras causaba en su novio, añadió:

—Tal vez te resulte extraño saberlo, es natural, ¡se dicen tantas barbaridades de las brujas! Pero la verdad es muy distinta. Entre las brujas pasa como entre cualquier tipo de gente, que hay de todo. Además, ser bruja no es algo tan terrible como lo pintan nuestros enemigos.

Como él siguiera observándola en silencio, y ella adivinara la maraña de revueltas ideas que se había formado en la cabeza masculina, añadió:

—Para mí ser bruja es como jugar o beber alcohol para ti, algo que llena un importante hueco en mi vida. ¿No van los cristianos a misa? Pues yo voy al aquelarre, que es una misa más divertida. ¿Porqué solo pueden ser buenas las misas que dicen los curas en las iglesias?

Ella habló y habló al giboso, exponiéndole ampliamente todas sus razones, lógicas unas, contradictorias otras, pero todas interesantes. Al concluir, y de manera categórica, aunque con el mismo tono amable, le comunicó:

—Ahora viene lo más importante que has de saber. Por haberte revelado mi secreto, en lo sucesivo también tú tendrás que acudir conmigo al aquelarre cada sábado.

Sí, claro que lo haría, de lo contrario se sentiría muy mal al saber que su amada estaba en el aquelarre, mientras él vagaba tontamente por las calles del pueblo, o perdía el tiempo en la taberna ante un vaso de vino. Con gesto feliz, el giboso exclamó:

—¡Iré encantado!

No pudiendo resistir su satisfacción, la joven echó los brazos al cuello del giboso y, estrechándolo fuertemente con un apasionado abrazo, fue a darle en los labios un no menos apasionado beso. Luego le advertiría:

—Una cosa has de tener en cuenta, sin que por nada del mundo la eches en olvido, y es que el día de tu presentación en el aquelarre, cuando tengas que numerar los días de la semana, no digas el nombre del domingo, que para nuestro brujo jefe, o gran sacerdote, es como si no existiera.

—¡Lo tendré en cuenta! –afirmó el giboso.

El nuevo brujo esperó con impaciencia la llegada del sábado, haciéndose mil y una cábalas de cómo sería el famoso aquelarre. ¡Tantas cosas se habían dicho de él! Llegado el sábado por la tarde, la novia desnudó a su novio y le untó cierto aceite por todo el cuerpo, así como un ungüento, especialmente abrasador y frio, en axilas e ingles. Después se aplicó ambas cosas ella misma.

De inmediato se encontraron en medio de un amplio prado, rodeados de otras gentes, sin que el novio tuviera conciencia de cómo había tenido lugar el viaje. Aquello era el aquelarre, o, mejor dicho, lo sería en seguida, en cuanto llegaran todos los que aún faltaban.

Por lo demás, aunque para el iniciado fuera algo insólito, por completo nuevo en su vida, la ceremonia no se salía de la convencionalidad de tales actos, según la abundante literatura al respecto. Pero, cuando para hacer su presentación, el giboso hubo de contar los días de la semana, exclamó:

—Lunes, uno; martes, dos… y domingo, siete.

El nerviosismo fue sin duda el culpable de aquella equivocación. La novia miró a su indeciso novio de manera reprobadora, pero al mismo tiempo tristísima, cuando el jefe de la reunión inquirió roncamente:

—¿Quién ha hablado del domingo?

—¡Ha sido el giboso, ha sido el giboso…! –corearon los reunidos.

El giboso se echó a temblar, presintiendo que iba a ser severamente castigado por su equivocación. Sin embargo, no sucedería esto, por fortuna para él, pues, aunque había cometido una falta grave, por estar el gran sacerdote de inmejorable humor, ordenó a sus ayudantes:

—¡Quitadle la giba y ponedla en la punta de una espada!

La orden fue cumplida al punto, encontrándose el joven, de buenas a primeras, con que su joroba había desaparecido totalmente. La reunión proseguiría por sus cauces ordinarios a partir de ahí, hasta que la proximidad del alba le pusiera punto final.

¡Qué contento regresó a su casa el nuevo brujo! ¿Quién iba a sospechar tanta fortuna, cuando temía un castigo? También su novia estaba encantada, sin poder dar crédito al prodigio. A la mañana siguiente, al salir el joven a pasear por la plaza nadie le quitó el ojo de encima. Todos le asediaban a preguntas, principalmente los otros gibosos del pueblo. Pero, temiendo comprometerse, él nada respondía.

Tanto insistieron los pobres jorobados, que el afortunado hubo de quitárselos de encima de alguna manera. Para ello nada más fácil que exigirles mil escudos a cambio de revelarles el remedio para su mal. Por ser pobres, todos los gibosos hubieron de marchar cabizbajos, perdiendo cualquier esperanza de verse esbeltos algún día.

Solo un jorobado, que era de familia rica, se avino a pagar la cantidad. Aunque ello le inquietaba, al antiguo jorobado no le quedó más remedio que enseñarle qué debía hacer, o sea, lo que, según su novia, él no debió hacer nunca.

Así, cuando al otro jorobado le fue exigido numerar los días de la semana en el aquelarre del sábado siguiente, sin titubeos respondió:

—Lunes, uno; martes, dos… y domingo, siete.

Nuevamente, pero ahora con mal talante, el gran sacerdote volvió a interrogar:

—¡¿Quién ha hablado del domingo?!

—¡Ha sido el giboso, ha sido el giboso…! –coreó otra vez la gente.

Pero como ese día el gran sacerdote estaba de muy mal humor, sentenció:

—¡Pues ponedle en el pecho la giba del otro, que está en la punta de la espada!

Y aunque el pobre trató de resistirse, hubo de volver a su casa con dos jorobas, una por delante y otra por detrás.

El peregrino y el lobo

Navarra ha sido siempre punto de paso para la gran avalancha de peregrinos que, venidos de Europa, han querido llegar hasta la tumba de Santiago y ganarse el jubileo. Pero en los primeros tiempos, según cuentan las crónicas que escribieron los distintos viajeros que por ella pasaron, unos exagerando más que otros, los caminos navarros estaban infectados de bandidos y salteadores. Por eso, para defender a los peregrinos, precisamente, se creó la orden militar de los Caballeros de Santiago.

Pues bien, conocedor de los peligros a que estaba expuesto por esos caminos del Norte peninsular, el peregrino de la presente leyenda, un laburdino que también iba camino de Santiago de Compostela, al encontrarse un anochecer en el puerto de Ibañeta, no lejos de Roncesvalles, decidió quedarse a pernoctar en una posada de la zona.

Sucedió que, cuando ya estaba acostado el peregrino, coincidió en llegar otro peregrino a su alcoba, con idéntico propósito de pasar la noche fuera del alcance de los bandoleros. Entablaron conversación prontamente, y el laburdino le propuso al otro:

—¿Por qué no hacemos el camino juntos? Así podríamos defendernos mejor de los muchos bandoleros que dicen abundan por estos parajes.

—¡Me parece una buena idea! —aceptó de buen grado el otro.

Pero lo que por completo ignoraba el laburdino, era que el otro peregrino, pese a su apariencia, no era tal. Muy al contrario, se trataba de un peligroso maleante, que bajo la inocente apariencia de peregrino ejercía con mayor facilidad su siniestro oficio.

Por eso, cuando al día siguiente reanudaron su camino, y ambos se encontraron en un paraje solitario y boscoso, de buenas a primeras el bandolero le dio de puñaladas a su compañero, dejándolo malherido y desangrándose. Seguidamente, al no encontrar nada de valor en el mísero equipaje del peregrino, despojó al infeliz de todas sus ropas y lo arrojó por un profundo barranco.

Allí se quedó durante horas el asaltado, perdiendo sangre a borbotones y sintiendo, aterrorizado, que la noche se le echaba encima. En su desesperación, solo una cosa era capaz de gritar en demanda de auxilio, unas palabras que repetía incansable y de manera febril:

—¡Santiago, ayúdame! ¡Santiago, ayúdame...!

Hasta que, caída la noche, un nuevo peligro vino a poner en mayor apuro su ya de por sí maltratada existencia. Se trataba de los lobos, abundantes en esos parajes por aquella época. Especialmente le asustó uno que, mirándole desde lejos con un par de luminosísimos ojos, igual que dos centellas, al principio le puso los pelos de punta.

Aunque pensó que aquello no podía ser posible y era fruto de su desvarío, no tardaría en tener que convencerse de que, efectivamente, aquel lobo desprendía rayos de luz de su mirada. No le quedó al pobre peregrino la menor duda, porque el animal se fue acercando lentamente hasta colocarse a su lado. Mas aunque se podía escuchar perfectamente, nítido en la lejanía, el coro de aullidos de una peligrosa jauría, curiosamente era este el único que se mostraba visible.

—¡Santiago, ayúdame…! –siguió gritando desesperadamente el peregrino, tomando a aquel lobo ahora, en su delirio, por el apóstol Santiago.

Según fue transcurriendo el tiempo, y el herido se sintió morir, como el lobo siguiese junto a él, le pidió:

—¡Santiago, intercede ante Dios por la salvación de mi alma, pues es llegada mi hora de comparecer ante Él!

Instantes más tarde aquel infortunado peregrino de Lapurdi expiraba serenamente, convencido de tener ante sí a Santiago en la figura de aquel gran lobo. Tal vez no lo fuera, pero algo de prodigioso debía poseer el animal, pues aunque el difunto ya no pudiera verlo, ahuyentó con su mirada luminosa a todos los lobos del lugar, impidiendo así que molestasen el eterno reposo del caminante.

Por su parte, cometida la salvaje fechoría, el maleante había escapado de aquel lugar y buscó refugio en una borda del monte. Una borda que él creyó un refugio segurísimo…, pero se equivocaba.

Efectivamente, porque de madrugada, guiado por aquel gran lobo de ojos centelleantes, una enorme manada de lobos asaltó con estrépito la choza. El bandido se despertó sobresaltado y trató de defenderse a puñaladas. Pero fue un empeño inútil, ya que, mucho más ágiles, los lobos pronto acabaron por devorarlo entre espantosos aullidos. Y, aunque aquel gran lobo que acompañó al peregrino en su agonía, había permanecido cerca del malhechor mientras sus compañeros acabaron con su vida, en ningún momento participó en la carnicería.

Refieren las tradiciones, contadas por los pastores de la zona, que aquel lobo era el alma del peregrino, que milagrosamente ayudada por el apóstol Santiago se vengó así de su agresor. Añadían, además, que cada cien años, justo el día que murió el peregrino, los lobos aullaban ininterrumpidamente desde anochecido hasta el amanecer. Por eso, los ladrones procuraban no hacer mal a ningún peregrino, ese día en cuestión, para evitarse un desagradable encuentro con el gran lobo. Todavía hoy sigue apareciendo aquel lobo para proteger a los peregrinos que lo necesitan al atravesar el Pirineo por Roncesvalles, y siempre lo hace, como hemos dicho, un día cada cien años. Lo que ya no sabemos, y no parece fácil de averiguar, es que día exactamente es ese.

El caserío maldito

Aquel caserío había sido en tiempos más prósperos morada de nobles caballeros, por eso en la fachada principal todavía seguía luciendo un imponente escudo tallado en arenisca. Sin embargo, desde hacía ya muchos años la decadencia había invadido sus muros, sus salones y sus tierras. Vivía ahora en él una humilde familia de caseros, que apenas si sacaban algo de la huerta que les permitiese malvivir.

Era tal la pobreza de los moradores del caserío, que cuando llamaba algún mendigo a su puerta no tenían más remedio que despedirlo con un "Dios te ampare". Y es que, en su situación, dar limosnas podía considerarse un lujo.

Un día pasó por allí un pordiosero distinto a los demás, peregrino, como tantos otros, seguramente. Cierto que su atuendo no podía ser más andrajoso, sucio y maloliente. Cierto, también, que andaba descalzo y que en las uñas de sus pies podían verse desagradables costras. Pero en su rostro había un no sé qué maligno y terrible, que no tenían los muchos que pasaron antes que él.

La señora de la casa miró por la rendija de la puerta y, aunque le impresionó bastante el rostro de aquel mendigo, sin abrir la puerta lo despidió con una frase amable. Llena de curiosidad, esta vez no dio media vuelta y continuó con sus labores domésticas, sino que siguió con el ojo pegado a la rendija, pudiendo descubrir así algo que le iba a inquietar profundamente.

El mendigo, muy contrariado al comprobar que la puerta no le era abierta, se puso a aporrearla insistentemente, tanto con los puños como con sus descalzos pies. Luego, cuando se cansó, hizo un gesto obsceno con las manos, profirió un montón de blasfemias y otras exclamaciones violentas, y acabó lanzándole una maldición terrible a aquella casa y a todos sus habitantes, prometiéndoles las mayores desgracias. Sintiendo que la sangre se le helaba en las venas, la mujer observó también que de los ojos del mendigo salían pequeñas llamitas al pronunciar las terribles palabras. Después se marchó el mendigo sin dejar de murmurar furioso, y la señora a punto estuvo de caerse desmayada.

A partir de aquel día empezaron a suceder cosas muy extrañas en el caserío, poniendo a prueba la calma de sus moradores. Lo primero fue que el agua del cercano pozo adquirió, durante varios días, un tinte rojizo, como de sangre. Ello les obligó a recorrer grandes distancias para traer agua de la fuente. Pero lo peor, más que el engorro que suponían aquellas caminatas cargando agua, era no encontrar explicación para fenómeno tan extraño.

La segunda cosa anormal que sucedió fue que el humo de la chimenea se negó a salir por su hueco, infectando de hollín el interior de la vivienda y destrozando los nervios de todos sus habitantes. Lo peor, también esta vez, fue no encontrar ninguna explicación lógica para tal fenómeno, porque el tiro estaba perfectamente limpio y además no soplaba viento.

Peor aún fue que, cuando todos dormían, una noche se oyeron ruidos extrañísimos, como de cadenas y arcas arrastradas por el desván. La familia se despertó sobresaltada sin que, tras investigar el porqué de los ruidos, hallaran qué los producía. Pero no acabaría todo ahí. Al cabo de un rato, cuando ya los moradores del caserío iban a volver a la cama, la casa se estremeció como azotada por un terremoto. No duró mucho y todo quedó en un susto tremendo, pero más tremendo sería aún enterarse al día siguiente, por los vecinos del contorno, de que no había habido terremoto alguno esa noche.

Pocos días después de ese incidente, la señora de la casa empezó a entristecerse y desapareció por completo la sonrisa de su rostro, antes muy alegre. A la tristeza seguiría en breve un enflaquecimiento progresivo y fulminante, que acabó por consumirla y llevársela a la tumba. El médico no salía de su asombro al verla muerta. No era posible que se pasase tan rápidamente de la salud a la enfermedad, y sin que para ello mediase causa alguna. Lo cierto era que ni el mejor doctor del mundo hubiera sabido explicar qué era lo que le había sucedido a aquella señora, que fue siempre más fuerte que un roble.

Por algunos comentarios que la difunta les hiciera en vida, las vecinas sospecharon que su prematura defunción era fruto de la maldición del peregrino. Así lo comentaron, en grupitos, durante días, hasta que el asunto llegó a oídos del párroco. El sacerdote, después de llamar cotillas a las mujeres repetidas veces, y echarles una bronca de padre y muy señor mío, les advirtió que no era cristiano pensar semejante cosa. Desde entonces los comentarios en torno al asunto, pese a no olvidarse del todo, remitieron notablemente.

Transcurrieron algunos meses. Un atardecer, cuando el dueño del caserío, acompañado por uno de sus hijos de corta edad, regresaba a la vivienda terminadas las faenas del campo, descubrió a un extraño individuo plantado en medio del camino. El desconocido, que poseía un aspecto arrogante y estaba cubierto con una capa escarlata, les lanzó una mirada penetrante cuando estuvieron cerca de él, y de sus ojos salieron diminutas llamitas. Al instante los dos cayeron al suelo, como heridos por un rayo, sin darles tiempo a comprender qué era lo que estaba sucediendo.

Horas después los encontró un vecino que también volvía a casa. El padre era ya cadáver, pero el pequeño, aunque inconsciente, vivía aún. Tomando a este segundo en sus brazos, corrió al caserío. Alertados otros vecinos del macabro hallazgo, pronto trasladaron también el cadáver del señor a su casa.

Como el niño no volvía en sí, aunque sorprendentemente tuviera los ojos abiertos y no parpadeara, fue dado aviso a la curandera del lugar. La señora, muy asustada, cuando estuvo cerca del caserío avisó a gritos a los de dentro para que cubriesen el cadáver del padre con ramas de laurel, pues, de lo contrario, se negaba a entrar. La fama de maldito que se había ganado aquel caserío le ponía los pelos de punta.

El muerto fue cubierto con ramas de laurel, para lo cual, previamente, otro hijo mayor del difunto hubo de salir al monte a buscarlo, con el consiguiente fastidio que esa imprevista labor le ocasionaba.

Aunque todavía recelaba, solo cuando se aseguró de que se había cumplido puntualmente su encargo, la curandera consintió en entrar en la vivienda. ¡Contra las maldiciones del demonio —y a la fuerza esta tenía que ser una de ellas— todas las precauciones eran pocas! Sin acercarse demasiado al muchacho, la mujer lo observó durante unos momentos para, a continuación, volviéndose hacia los presentes, sentenciar:

—Voy a derretir cinco trozos de cera en un recipiente lleno de agua fría; si uno de estos trozos toma la figura de un gallo, el muchacho sanará. Si por el contrario aparece una figura diferente, morirá sin remedio.

Todos se estremecieron al oír tal cosa, pero con el alma en vilo se apresuraron a ayudar a la curandera. La mujer procedió a derretir la cera de una vela en un puchero de agua fría, mientras pronunciaba una extraña jerga. Cuando terminó, fue metiendo la mano en el agua y extrajo, uno por uno, todos los trozos de cera.

El primero y el segundo no pudieron ser identificados con nada. El tercero era una tira alargada. Y el cuarto, aunque muy lejanamente, podía compararse con una araña. Pero el quinto trozo de cera indudablemente tenía la forma de un pequeño gallo, lo cual hizo que todos, y principalmente la curandera, pudiesen respirar aliviados.

En seguida aplicó la curandera unos ungüentos al pequeño, repitiendo nuevamente sus cabalísticas palabras. Luego trazó invisibles cruces e hizo extraños movimientos con los dedos en la frente del enfermo, para acabar por santiguarse ella misma. El muchacho, pese a todo, seguía sumido en la más profunda de las inconsciencias.

De pronto la mujer hizo saber a los presentes, bastante desesperanzada, que el demonio se había introducido en el cuerpo del pequeño. Para sacárselo solo había una solución, y esta era muy desagradable: alguien tenía que dar trece tiras de su propia piel al mismísimo Satanás. Los presentes se estremecieron de espanto al oír semejante cosa.

Una tía del muchacho preguntó entonces si las trece tiras podían sacarse del cuerpo del difunto. La curandera quedó pensativa, se rascó el cogote y acabó respondiendo que ignoraba por completo si eso daría resultado o no. Para saberlo, tendría que consultarlo con otra curandera que vivía en el pueblo de al lado. Sin embargo, no tuvo tiempo de abandonar la casa, pues un suceso insólito se lo iba a impedir.

De repente se desató una furiosa tormenta. De buenas a primeras envolvió la casa con truenos y relámpagos ante la perplejidad de sus moradores, que no sabían qué hacer. Pero no tendrían que pensar mucho, pues, instantes después, todos a una se agruparon instintivamente en un rincón de la vivienda, presos de un auténtico pánico, cuando un rayo entró de manera estruendosa en la habitación del muerto y prendió fuego a los ramos de laurel que lo cubrían. Justo en ese momento, el niño saltaba de la cama completamente restablecido. Bajo las cenizas de los laureles pudo comprobarse, poco después, que ya no estaba el cadáver del difunto amo, el cual había desaparecido misteriosamente.

Al volver la calma al caserío, la curandera recomendó a sus moradores que, si en algo estimaban sus vidas, de inmediato abandonasen la vivienda. Entre otras cosas, era necesario que así fuera porque el espíritu del difunto, cuyo cuerpo a buen seguro debía haber sido despellejado por el rayo, necesitaba una morada donde descansar.

Salieron todos del caserío, siendo el último en hacerlo el muchacho recién sanado. Cuando este se volvió para cerrar la puerta, vio la figura de su padre, desnudo, desangrándose por las trece tiras de pellejo arrancadas de su cuerpo. A su lado descubrió una sombra y escuchó unas siniestras carcajadas.

Con el cabello erizado por el terror, el muchacho se apresuró a cerrar la puerta y echar a correr, alejándose para siempre de aquella casa maldita. Cuando se paró a descansar lo hizo en la orilla de un arroyo, desde la que arrojó la llave al agua.

Nadie volvió jamás al caserío. Con el paso de los años sus muros se fueron derruyendo hasta acabar convirtiéndose en ruinas, unas ruinas que quedaron envueltas para siempre con el halo de esta misteriosa y sobrecogedora leyenda.

Peripecias de una dama pamplonesa o un caso de falsa posesión

En la cuarta jornada de *El Heptamerón*, obra que pasó a ser inmortal dentro de la historia de la literatura, Margarita de Navarra, su autora, nos refiere un curioso episodio erótico de falso endemoniamiento que, por tenerse por cierto y estar localizado en la vieja Iruñea, en pleno Camino de Santiago, no podemos resistirnos a omitir en estas páginas.

Nos habla la reina de Navarra de una hermosa dama que vivió en Pamplona, allá por el siglo XVI, y que, por ser virtuosa, casta y muy fiel a su esposo, era tenida por todos como una de las mujeres más ejemplares de la ciudad. El marido, confiado siempre en la fidelidad de su esposa, se sentía el hombre más dichoso de la tierra.

Pero sucedió que, el Miércoles de Ceniza, justo del año en que la dama alcanzaba la treintena, al acudir al oficio religioso conoció el matrimonio a un predicador que dejaría huella en la apacible monotonía conyugal. Sea porque el religioso, un franciscano, poseía un don de palabra muy del agrado de la mujer, sea porque su extremada belleza, un tanto femenina, la encandiló, lo cierto es que ella se quedó prendada del santo varón.

Mucho hablaría la mujer a su marido, ya en la intimidad del hogar, de las virtudes del predicador. De su elocuencia. De sus refinadas maneras. De su espiritualidad... Pero, bajo la máscara de tan piadosas alabanzas, la dama empezó a ocultar el fuego de la más desatada y carnal de las pasiones.

Así fue deslizándose la Cuaresma, día tras día, y la flama del amor consumía lentamente el corazón de la secreta enamorada. Ella, claro está, nada dejó traslucir a su ignorante esposo, pero empezó a cavilar un medio de hacer conocedor de su loco amor al franciscano. Para ello no ideó nada mejor que enviarle, por medio de un paje que tenía a su servicio, una ardorosa carta manifestándole sus sentimientos.

Sucedió que, cuando el sirviente iba por la calle, fue a cruzarse fortuitamente con su señor. Tan apurado se sintió, tan inhábilmente quiso esconder la comprometedora misiva que portaba, que solo consiguió que sucediera lo contrario de lo que pretendía, es decir, que la carta acabase en manos de su señor.

Mucho extrañó y desconsoló al esposo descubrir la intriga de su mujer. Pero, en vez de dar rienda suelta a su ira, tras la lectura de la carta supo disimular prudentemente sus sentimientos. Además, prometió al paje una buena recompensa si cumplía fielmente los encargos que él le diese. De ese modo hizo llegar una carta de respuesta a su esposa, en la que, haciéndose pasar por el predicador, le hacía saber a la enamorada que aceptaba y correspondía a su amor.

La alegría de la dama al recibir tan ansiada noticia no tuvo límites. Tal es así que, pese a los ayunos de la Cuaresma, parecía más bella y feliz que cuando tenía algunos años menos. Por supuesto, a la primera seguirían otras muchas cartas, tanto por parte de ella como por parte del marido, sin que jamás lograse descubrir, ni por lo más remoto, el engaño de que estaba siendo víctima.

Como era de esperar, en uno de aquellos mensajes la dama avisaba al religioso de que ya era hora de que se encontrasen en carne y hueso, para lo cual lo citaba en su propia casa. Antes, valiéndose de una sutil estratagema, creyó haber conseguido alejar al esposo, quien simuló retirarse unos días a una de sus posesiones en el campo.

Mas el marido, que se resistía a aceptar la infidelidad de la mujer, ideó otra ingeniosa estratagema para probarla. Primeramente se hizo con un hábito de franciscano, que le proporcionó el propio predicador, ignorante de todo cuanto por su causa estaba sucediendo. Después, convenientemente disfrazado, se presentó ante la impaciente amante. Como el disfraz era tan perfecto, y él supo representar tan a las mil maravillas su papel, la dama, mordiendo el anzuelo, corrió a recibirlo con los brazos abiertos, y una actitud poco recatada.

Pero, ¡oh, sorpresa! Porque, en vez de reaccionar del mismo modo, el predicador fingió sorprenderse y, sin cesar de hacer la señal de la cruz, repitió una y otra vez:

—¡Tentación, tentación!

A lo que la dama, empujada por su abrasadora pasión, le rogó de manera vehemente que se compadeciera de ella. Para hacer más explícito el fuego que la consumía, hasta se abrazó a él amorosamente. Mas el impostor, no solo la rechazó con enfado, sino que, sacando un garrote que traía oculto bajo el hábito, le propinó tales golpes que la dejaron dolorida y maltrecha y, por supuesto, sin ganas de caer en la tentación que tanto le seducía. Luego se marchó el agresor sin descubrirle su verdadera identidad.

A la mañana siguiente, como si regresase repentinamente del campo, se presentó el marido ante la maltrecha dama. Como esta le recibiera en el lecho, él, aunque muy divertido, le preguntó con fingida aflicción:

—¡¿Qué te ha sucedido?!

A lo que, compungida, respondió ella:

—¡Tengo un fuerte reuma en brazos y piernas!

Entonces, sin apenas poder contener la risa, el marido le comunicó:

—¡Qué contrariedad, porque hoy precisamente he invitado a cenar al santo predicador!

Al oír tal cosa, la mujer se incorporó furibunda y le gritó:

—¡Ni se te ocurra; esas personas llevan consigo la desgracia a donde quiera que vayan!

Aunque mucho simuló el hombre sentirse extrañado por la actitud de su esposa, que poco antes solo tuviera frases amables a la hora de referirse al religioso, accedió a que cenara en su casa. Pero, para más desmesurar la burla, engañó al franciscano haciéndole creer que su mujer estaba endemoniada.

—¡Le ruego, reverendo padre, que le ponga usted la mano encima —le suplicó, después de haberse deshecho en explicaciones sobre el estado mental de la dama–, aunque reaccione violentamente, aunque le arañe o muerda, pues solo de esa manera podrá verse libre del espíritu maligno que la tiene poseída!

Como el religioso accediera buenamente a realizar el exorcismo, el marido de la enferma lo condujo hasta la alcoba de la misma. Pero ella comenzó a temblar asustada, en cuanto lo vio aparecer, en la creencia de que se trataba de la misma persona que la golpeara la noche anterior. Como logró contener su ira, aunque a duras penas, intimidada por la presencia de su marido, este se apresuró a decir al franciscano:

—Cuando yo estoy delante de ella, el diablo apenas la molesta; pero ya verá cómo cambia de actitud en cuanto les deje solos.

Efectivamente. Nada más quedarse a solas la dama con el franciscano, esta se deshizo en improperios contra él, mordiéndole y arañándole como una auténtica fiera. Como el predicador desconocía la verdadera causa de la violenta actitud de la mujer, creyó a pies juntillas que la pobre estaba dominada por un diablo que la atormentaba implacablemente. Por eso, zafándose como buenamente pudo de las garras femeninas, la asperjó desde lejos con agua bendita.

Poco después volvería a entrar el esposo en la habitación. Entonces, como la mujer abandonase prudentemente sus agresivas maneras, por miedo a delatarse ante su marido, al franciscano no le quedó ya la menor duda de que la enferma había quedado

completamente exorcizada, y se marchó tan contento, convencido de que acababa de realizar una
acción inmejorable.

El marido nunca revelaría nada a la dama, pues
consideró suficiente aquel escarmiento. E hizo
bien, pues su mujer fue desde entonces con él más
sumisa y cariñosa, sin que jamás volviera a pasárse-
le por la cabeza tramar otra aventura parecida.

Juanis, el brujo de Bargota

I

Dicen que Juanis, o Johanes, el famoso nigromante navarro, nació en el pueblecito de Bargota en la primera mitad del siglo XVI. Al parecer estudió en Salamanca la carrera de clérigo, en su célebre Universidad, compaginando otro tipo de aprendizaje, menos ortodoxo, y mucho más secreto, en la no menos renombrada Cueva de esa misma ciudad castellana. Ya clérigo, y brujo, volvió a su Bargota natal, donde se instaló en una casa que el mismo construyó, según la leyenda en una sola noche, y a la que, como a tantas otras construcciones legendarias, le falta la última piedra. Todavía se conserva dicha casa en Bargota, en la calle de Juan Lobo, casi permanentemente deshabitada, ya que, como aseguran los vecinos, está encantada.

II

Para trasladarse de un lugar a otro Juanis se montaba en una nube, envuelto en una capa mágica que le volvía invisible. Especialmente utilizaba este insólito medio de locomoción cuando iba a visitar sus posesiones en la ribera del Ebro, y cuando se trasladaba al aquelarre burgalés de Montes de Oca.

Precisamente por acudir los sábados al menciona-
do aquelarre, solía llegar tarde los domingos a los ofi-
cios religiosos, y lo hacía trayendo la capa y el sombrero lleno de nieve aunque fuese el mes de agosto.
Sacudiéndose ambas prendas en el pórtico, para
asombro de los feligreses, solía exclamar entonces:

—¡Caray, cómo nieva en los montes de Oca!

Otras veces aparecía con las polainas repletas de
barro, en pleno día sin nubes, y lo que exclamaba
era:

—¡Aquello no es el prado de Cantabria, aquello
es el barrizal del infierno!

Como todo el mundo sabía que en el prado de
Cantabria, que está sobre la charca de Viana, se
reunían las brujas para celebrar sus aquelarres, se
apartaban asustados del clérigo santiguándose apre-
suradamente.

III

Dicen que, cierto día que Juanis iba camino de
Logroño, le dio alcance un joven desconocido, que tras él caminaba a su vez, y que se pusieron
a hablar amigablemente. Según le dijo el desconocido, era un poderoso hacendado extranjero de visita por aquellas tierras. Hablaron y hablaron, hasta
que el extranjero, que tenía un no sé qué maligno
en la mirada, de buenas a primeras le propuso al
clérigo:

—¡Si quieres, tú también puedes ser inmensamente rico! ¡Para ello, basta con que firmes en este
pergamino con tu propia sangre, comprometiéndo-
te a entregarme el alma a la hora de tu muerte!

El clérigo, entendiendo al instante que aquel desconocido era en realidad el diablo, se plantó ante él y le gritó indignado:

—Mancebo, no puedo firmar la escritura que decís, porque mi cuerpo es del alma y mi alma es de Dios, y, como nadie puede dar lo que no es suyo... ¡*Vade retro*, Satanás!

Al oír la negativa del cura, el diablo se echó al cuello de Juanis para estrangularlo. Pero el clérigo, habiéndose apartado de su agresor, dando un salto, proyectó su sombra sobre él, aquel la abrazó y desapareció de su vista, llevándose su sombra. Dicen que, desde entonces, Juanis, el cura de Bargota, vivió el resto de su vida sin sombra.

IV

Por aquel tiempo asolaba aquella comarca un bandido, conocido como Juan Lobo, que tenía su guarida en el castillo de Punicastro, en lo alto de la sierra de Codés, y desde el que se dominaba los valles de Aguilar, Berrueza y Campezu. Pues bien, dicen que Juan Lobo tenía mucha amistad con Juanis, el brujo de Bargota. Por eso, en cierta ocasión en que se vio acosada su banda, y perseguido él mismo por los arcabuceros de Torralba, no tuvo ocurrencia mejor que llegarse hasta Bargota y entrar discretamente en la casa de Juanis.

Aunque todos lo habían visto entrar, y aunque durante toda la noche estuvieron apostados para darle caza en cuanto asomara al amanecer, nadie lo vio salir de la casa del cura. Y es que, por lo visto, valiéndose de sus artes mágicas Juanis de Bargota había transformado en gato negro al bandolero, quien, sin mayor problema, pudo huir campo a través sin llamar la atención.

Parece ser que a media mañana lo descubrió un cabrero de Espronceda, a quien el gato negro le estuvo asustando las cabras. Incluso, dicen también, que el cabrero consiguió arrearle con su cayado un porrazo al felino, dejándolo sin sentido en el suelo. Pero como al aterrorizado rústico no se le ocurriese cosa mejor que propinarle un segundo golpe, al punto el gato se incorporó completamente repuesto y logró escapar. Sin duda aquel cabrero desconocía que a una bruja, o a un brujo, solo se le puede herir o perjudicar si se le da un número impar de golpes.

Pese a que el bandido había logrado eludir a la justicia, y siguió con sus fechorías, al parecer siempre respetó a los vecinos de Bargota, a los que no solo no robó en lo sucesivo, sino que ayudó en momentos de apuro. Por este motivo, los vecinos de Bargota decidieron dedicarle una calle, precisamente, como ya se ha dicho, donde está ubicada la casa de Juanis.

V

A raíz de los sucesos anteriores, los arcabuceros de Torralba denunciaron a Juanis por brujo a la Inquisición, y esta ordenó prenderlo de inmediato. Para ello envió hombres armados a Bargota, que se presentaron a media noche en la casa del clérigo. Salió a abrirles la criada, quien, al enterarse de que eran agentes del Santo Oficio, se puso pálida y se echo a temblar.

Juanis, que había oído el alboroto, no tardó en bajar del piso superior. Se presentó ante los recién llegados y, tras escuchar que venían a detenerle, para llevarlo a la Inquisición de Logroño, les dijo tranquilamente:

—Pues esperan vuestras mercedes un minuto, que subo a vestirme una ropa más decente y acomodada a mi ministerio, y podemos partir para a Logroño.

Esto no gustó a los hombres de armas, pues su jefe le dijo al cura:

—Déjese vuesa merced de adecentamientos, y, por los clavos de Cristo, síganos presto, que en su prendimiento acaso va nuestra cabeza, y no es cordura dejar volar al pájaro que cayó en mano.

Juanis repuso entonces:

—Sea, pues, según vuesas mercedes desean. Pero, al menos déjenme quitarme esta calceta de la pierna izquierda, que, como ven, tiene más agujeros que una criba.

—Sea —dijo el jefe de los hombres de la Inquisición—; pero quíteselo aquí mismo, ante nuestra vista.

Tomó entonces la criada un candil y se acercó al cura para quitarle la calceta, aunque sin conseguirlo, pues esta parecía pegada a la carne. En vista de ello, uno de los soldados tiró de la misma, por ayudar a la criada, pero lo hizo con tanta fuerza que le arrancó la pierna al clérigo. Juanis cayó desmayado, en medio de un baño de sangre, y otro tanto le sucedió a la criada a la vista de semejante accidente.

Los soldados estaban espantados y no sabían qué hacer. Como ni el clérigo ni su criada recobraban el conocimiento, finalmente decidieron acomodarlos en sus respectivas camas, y ellos partieron para Logroño con la pierna de Juanis al hombro, por ver de justificarse ante la Inquisición.

Pero, en cuanto amaneció, aquellos hombres armados descubrieron con enojo que habían sido burlados por el clérigo de Bargota, pues lo que ellos creyeron su pierna arrancada, no era más que un tronco curvado cubierto de paño negro, y con una vieja calceta agujereada, efectivamente, como una criba. Regresaron presurosos a Bargota, mas, para cuando llegaron, el cura y su criada ya habían volado en la nube mágica, envueltos en la capa que los hacía invisibles.

Dicen que el destino de Juanis y su criada era Madrid, a donde acudieron a pedirle a su amigo, el marqués de Villena, que usara de su influencia para librarlo de las garras de la Inquisición.

VI

Por lo visto no eran muy buenas las relaciones de Juanis con el abad de Ontiñano, debido a que el segundo tenía por peligroso brujo o endemoniado, y gran hereje, al primero.

Sucedió que, un año, coincidiendo con la visita del rey a Pamplona, tanto el abad de Ontiñano, como Juanis, decidieron visitar las fiestas de San Fermín. El abad, y un sobrino de doce años, se instalaron con mucho tiempo de antelación en una de las mejores habitaciones del "Mesón de la Urraca". Juanis, en cambio, llegó a Pamplona el mismo día 6 de julio, víspera de la gran fiesta, y se dedicó a deambular de aquí para allá por la bulliciosa Pamplona, maravillándose por todo cuanto veía.

Así, cuando por la noche fue al citado mesón, a la mesonera no le quedó más remedio que decirle:

—Pero, maese Juanis, ¿cómo venís a semejante hora? Tengo el mesón al completo. Incluso la mayor parte de las habitaciones están compartidas por tres y hasta cuatro huéspedes.

A lo que Juanis le contestó tranquilamente:

—En tal caso, no apuraros y dejadme una manta, que dormiré en cualquier rincón de la casa.

Como la única habitación con dos huéspedes era la que ocupaba el abad de Ontiñano y su sobrino, la mesonera llevó a Juanis hasta ella después de darle la manta.

Ya en la habitación, y una vez que la mesonera se hubo marchado, Juanis acomodó la manta en un rincón, a la luz de un candil, mientras los de Ontiñano lo miraban desde su enorme cama, haciéndose los dormidos. Pero no dormían, ni mucho menos, como bien adivinó Juanis, quien, antes de tumbarse sobre su manta, dijo:

—Perdonen vuestras mercedes esta intromisión, pero prometo no molestarles ya en toda la noche, pues pienso dormir como un bendito. Eso, sí, tal y como es mi costumbre, he de quitarme primero la cabeza.

Y, ante el asombro y pavor de los de Ontiñano, Juanis se desatornilló la cabeza, como si la tuviera sujeta al cuello con una rosca, para dejarla tranquilamente después en la mesilla de noche.

Los de Ontiñano salieron de la habitación en paños menores, dando gritos histéricos. Pero no tardaron en volver a la habitación con el mesonero y otros huéspedes, que se habían despertado sobresaltados por el alboroto, y lo hacían trayendo buenos bastones con los que apalear al terrible brujo. Mas, como encontrasen a Juanis durmiendo a pierna suelta sobre la manta, y con la cabeza en su sitio, tomaron por locos a los de Ontiñano, que, no teniéndolas todas consigo, se apresuraron a abandonar el mesón. Entonces Juanis se metió en la amplia cama, se acomodó a sus anchas y durmió a pierna suelta toda la noche.

Por este y otros episodios parecidos, el abad de Ontiñano odiaba a Juanis. Tal es así que, cierto día que el cura de Bargota acudió a oír misa al santuario de Nuestra Señora de Codés, misa que, por cierto, decía el abad de Ontiñano, cuando este descubrió la presencia de Juanis se negó en redondo a continuar con el oficio religioso. Hubo un tira y afloja, con intercambio de algún que otro insulto. En vista de que el de Ontiñano seguía en sus trece, tildando además con insistencia, públicamente al de Bargota de endemoniado, este no pudo contener ya su enojo por más tiempo. Así, pues, dicen que Juanis agarró al abad por los pies y lo llevó por los aires hasta las cercanas peñas de las Dos Hermanas de Codés, en la mayor de las cuales lo dejó pegado.

Aseguran los vecinos de la zona que allí sigue pegado, todavía hoy, el abad de Ontiñano, y que por eso la silueta de la peña más grande recuerda la figura de un sacerdote con casulla, en el momento de decir *Dominus vobiscum*.

VII

Tenía Juanis un vecino en Bargota, al que una deuda contraída con un usurero le venía amargando la vida. Un día, viéndolo muy triste, el cura le preguntó:

—¿Qué es lo que te pasa, que tienes esa cara de funeral?

—¡Ay de mí, ¿cómo no he de tenerla –le respondió el vecino–, si todo el esfuerzo de mi trabajo, que debiera ser para mantener a mi familia, se lo chupa tal usurero que no deja de reclamarme intereses constantemente?!

Entonces Juanis, que además de fama de brujo, también la tenía de poseer un corazón generoso, le dijo:

—Pues no te preocupes, que tengo yo doscientos chivos en el corral que servirán para cancelar esa deuda tuya. Dile al usurero que venga a verme y se quede con los chivos, pero, además te de a ti dos mil sueldos.

Así se hizo. Se presentó el usurero ante Juanis, y firmaron un documento que servía para cancelar la deuda del vecino y al mismo tiempo nombrar propietario de los chivos al usurero, a cambio de los dos mil sueldos mentados. Total, que el vecino se fue a su casa con su dinero, más alegre que unas pascuas, y el usurero a la suya con los doscientos chivos.

Al día siguiente, con su cayado en la mano, el usurero se levantó muy temprano para sacar a pastar a los chivos. Abrió la puerta del corral y salió el primero, que al estar ante el usurero, alzó la cola y dobló las rodillas haciendo una profunda reverencia a su nuevo amo. El usurero lo miró complacido, pensando: "¡Menudo animal más bien educado!". Sin embargo, no pensó lo mismo cuando, según fueron saliendo los chivos, todos en fila, uno tras otro, los ciento noventa y nueve restantes repitieron la misma reverencia. Por el contrario, temiendo que aquellos chivos fueran demonios salidos del aquelarre, el usurero no pudo evitar santiguarse, exclamando un sonoro:

—¡En el nombre del Padre, del Hijo y del Espíritu Santo!

Fue pronunciar tales palabras y desaparecer en un instante los doscientos chivos, de los que no han vuelto a saberse nunca más, y quedarse el usurero apoyado en su cayado con dos palmos de narices.

VIII

Al pasar por Viana, un arriero, que traía una carga de besugos desde las costas del Norte, se encontró, cerca de la iglesia, con Juanis, el cura de Bargota. Como era costumbre, el último macho de la recua era el que llevaba las campanillas. Mas, a poco de pasar ante el cura, observó el arriero que el sonido de las campanillas se percibía muy débilmente. Se volvió extrañado y comprobó perplejo que no había ni rastro de la recua.

Muy preocupado, dio media vuelta en su camino y se dispuso a buscar los perdidos machos. Entonces, sin poder dar crédito a lo que veía, descubrió que los animales estaban por los aires, girando insistentemente alrededor de la veleta del campanario de la iglesia de Santa María. Ante espectáculo tan insólito, el confundido arriero solo acertó a salir corriendo en busca del cura, a la vez que gritaba:

—¡Mis machos están por los aires, se van a matar, auxilio…!

Al oír los gritos, Juanis le salió al encuentro al arriero y le preguntó:

—¡Pero, hombre, ¿qué te sucede?!

—¡Mis machos están volando y se van a caer! –explicó el rústico.

El cura miró hacia donde le señalaba el arriero y, efectivamente, vio a toda la recua dando vueltas como una noria alrededor de la veleta del campanario.

—¡Cálmate, que yo te los bajo en seguida! –le tranquilizó al arriero, que era presa de una fuerte excitación nerviosa.

Y así fue, pues Juanis, sin problema alguno, hizo que los animales aterrizaran sin contratiempos. De esa forma, su dueño pudo seguir su camino muy satisfecho, a la par que profundamente agradecido al cura de Bargota.

No obstante, hay quien asegura, tal vez muy maliciosamente, que fue el propio cura quien, valiéndose de sus artes mágicas, había mandado a los animales por los aires. Al parecer, lo hizo enojado porque, habiéndole preguntado al arriero de dónde era, este le respondió de mal talante:

—¿Y a vuesa merced qué le va ni le viene en ello? No errar el camino importa, que saber dónde nació el caminante no es menester.

IX

El día de San Isidro, a las once y media de la mañana, estaba la criada del cura de Bargota asomada al balcón de la casa, mientras Juanis se estrujaba los sesos en su cuarto, preparando un sermón. De pronto, la mujer lanzó un suspiro tan intenso que sobresaltó al sacerdote cortándole el hilo de sus reflexiones. Temiendo que se hubiese puesto enferma, Juanis corrió al balcón y le preguntó a la criada:

—¡Pero mujer, ¿qué te pasa?!

A lo que ella, bastante melancólica, respondió:

—¡Ay, quién estuviera ahora mismo en los toros de Madrid!

Muy condescendiente, Juanis le dijo entonces:

—¡Si es por eso no te preocupes! ¡Prepárate que partimos para allí ahora mismo!

La criada besó muy contenta las manos del cura, y se apresuró a acicalarse como tenía por costumbre siempre que había un gran acontecimiento. Una vez que estuvo preparada, de la mano del sacerdote voló en un instante por las alturas, desde el balcón de la casa hasta un tendido de la plaza de toros de Madrid.

El ruedo era un hervidero humano. La gente, ávida de sangre, rugía como un monstruo extraño y gigantesco. La mujer, ensimismada en aquel espectáculo, se sentía como pez en el agua. En seguida comenzaría la corrida, saliendo del chiquero un brioso toro negro.

Al poco rato, aunque la corrida se desarrollaba con emoción y la gente vibraba en los tendidos, la criada de Juanis empezó a mostrarse muy nerviosa e inquieta, mirando quedamente a las personas que le rodeaban. Observando la actitud de la mujer, Juanis le preguntó:

—¿Qué te pasa?

—¡Qué me ha de pasar, casi nada, que me falta un zapato!

—¿Cómo lo has perdido?

—¡No lo he perdido, me lo han robado!

—¡Pues no te preocupes! ¡Verás como en seguida te lo devuelven! –le tranquilizó Juanis.

Fue decir esto el cura y salirle un afilado cuerno, en medio de la frente, a un individuo que estaba sentado al lado de la chica. Comprendiendo el del cuerno que este le había surgido por haber robado el zapato de aquella mujer, muy avergonzado se lo tuvo que devolver pidiéndole disculpas.

Hacia la mitad de la corrida, como el sol apretara y se sintiera muy incómodo por el calor, bamboleando la capa que le cubría, Juanis exclamó:

—¡Cómo nieva en los montes de Oca!

Y, ante el asombro sin límites de los asistentes, cayó una nevada de proporciones tan desmesuradas sobre la plaza, que obligó a suspender la corrida en el quinto toro.

X

Juanis, el cura de Bargota, poseía dos cosas prodigiosas, de las que se servía muy a menudo para hacer su vida más cómoda y ayudar a cuantos lo necesitasen. La primera consistía en una era con el suelo lleno de agujeritos, de manera que, cuando trillaba, el grano iba cayendo al granero que tenía debajo, quedando arriba la paja limpia sin necesidad de ablentar ni trigalar. La segunda de las cosas prodigiosas era que tenía a su servicio unos enemiguillos.

Los enemiguillos, que son unos geniecillos de color negro y forma indefinible, tienen el tamaño de un mosquito. Se guardan en un alfiletero o recipiente similar. Al destaparlos, salen precipitadamente, revoloteando velozmente sobre la cabeza del que los posee, demandando con gran impaciencia la realización de alguna tarea.

Pues bien, estos enemiguillos los tenía Juanis metidos en un alfiletero, guardado en el agujero de una peña. Un día el cura mandó a un muchacho que le trajera el alfiletero, señalándole con el dedo dónde lo escondía. El muchacho pronto se lo trajo, y con curiosidad observó que el clérigo lo destapaba con gran cuidado. Al punto, una multitud de enemiguillos revolotearon sobre su cabeza y, con extraña voz, chillona e inhumana, le preguntaron apremiantes:

—¿Qué quieres que hagamos? ¿Qué quieres que hagamos? ¿Qué quieres que hagamos…?

A lo que Juanis, les ordenó:

—¡Reunid en un montón todas las piedras que hay por aquí!

En un instante las piedras fueron reunidas en una enorme pila, ante el asombro del muchacho. Aquella noche construyó Juanis con esas piedras su casa, que aún se conserva en el pueblo de Bargota, y a la que, según la tradición, sigue faltándole una piedra que nadie ha sido capaz de colocarle.

XI

Juanis bajó a Torralba a un entierro y, al volver a su casa, reparó en que se había dejado olvidado un bastón, con un cañute que guardaba dentro del mismo. Para que se lo trajera, mandó al pueblo al muchacho que le servía de criado, encargándole encarecidamente que no se le ocurriera abrirlo por nada del mundo.

El muchacho le aseguró al cura que cumpliría puntualmente su encargo. Pero cuando ya venía de regreso, no pudo reprimir un poderoso impulso y, lleno de curiosidad, abrió el cañute. Salieron entonces los enemiguillos, se pusieron a revolotear sobre su cabeza y le apremiaron:

—¿Qué quieres que hagamos? ¿Qué quieres que hagamos? ¿Qué quieres que hagamos…?

Atemorizado, el muchacho les mandó:

—¡Juntad en un montón todas las piedras de por aquí!

En un santiamén hicieron los enemiguillos una enorme pila con todas las piedras de la zona. Pero en seguida volverían a estar dando vueltas alrededor de la cabeza del muchacho, atosigándole nuevamente:

—¿Qué quieres que hagamos? ¿Qué quieres que hagamos? ¿Qué quieres que hagamos…?

Como estaba muy asustado, el muchacho no acertaba a mandarles ningún encargo y los enemiguillos, enfurecidos, se lo querían comer. Repentinamente, al asustado joven se le ocurrió decirles:

—¡Quiero que entréis otra vez donde estabais antes de salir!

Fue así como, sin más contratiempos, los enemiguillos volvieron a meterse en el cañute. El joven se apresuró a cerrarlo y, ya sin problema, pudo entregar el bastón a Juanis.

Hasta hace pocos años, enseñaban todavía en el pueblo navarro de Torralba del Río un montón de piedras que, según aseguraban, fueron las que juntaron los enemiguillos de Juanis.

XII

El cura de Bargota era gran aficionado al juego de la pelota. Un día, encontrándose sin ninguna con la que poder jugar, encargó al muchacho que fuese a Viana, distante unas dos horas, a que le comprase una. Como el recadista le advirtiese que entre ir y volver iba a tardar mucho tiempo, Juanis le dijo para tranquilizarlo:

—¡Vete y no te preocupes, que ya verás qué pronto vuelves!

Acababa de salir del pueblo, cuando el joven oyó detrás suyo un amenazante bufido. Volvió la cabeza y, asustado, descubrió que un enorme toro venía corriendo y se le echaba encima. Sin pensarlo ni mucho ni poco, también corrió él como alma que lleva el diablo, para evitar que el toro consiguiese darle alcance.

El perseguido llegó a Viana cansado y jadeante, pero logrando perder de vista a su perseguidor. Hizo, pues, el encargo del cura, y emprendió el regreso. Pero, en cuanto salió de Viana, apareció de nuevo el toro que esta vez le persiguió hasta su regreso a Bargota. Al entregar la pelota a Juanis, en muchísimo menos tiempo del previsto, el cura le dijo irónico a su criado:

—¿Ves como el camino no era tan largo como te parecía?

XIII

Un día de mercado, iban por las calles de Viana cinco compañeros curas, Juanis el de Bargota entre ellos. Como, al parecer, los compañeros se aburrían bastante, de buenas a primera le propusieron a Juanis:

—¡Oye, Juanis, ya que posees tan buen sentido del humor, ¿por qué no buscas una diversión que nos entretenga un rato?!

Pasaban en aquel momento al lado de un vasijero, que estaba vendiendo ollas de barro. Juanis les preguntó a los cuatro curas que si estaban dispuestos a pagar los daños que la diversión le pudiera ocasionar. Ellos dijeron que sí.

En esto llegó una bandada de perdices, y las aves se fueron metiendo en las ollas, saliendo y entrando de ellas tranquilamente. Al verlas, el vasijero cogió un palo y arremetió a golpes contra los recipientes, considerando codicioso: "¡Más vale una perdiz que una olla!" Siguiendo esta lógica rompió todas las ollas con inusitado estrépito, provocando las carcajadas de los cinco curas. Pero, al concluir su destructora labor, el pobre vasijero no había logrado capturar una sola perdiz. Al ver el destrozo y a las perdices retornando a las alturas, el hombre se puso a llorar desconsolado.

Los cinco curas se acercaron al vasijero, cuando se hubieron reído cuanto les apeteció, y le preguntaron:

—¿Qué le sucede a usted, buen hombre, tiene algún problema?

—¡Vaya si lo tengo! –gimió el afectado–. Ha venido una bandada de perdices, se han metido en las ollas y yo, por cogerlas, con un palo he hecho cisco todas mis vasijas sin atrapar una sola ave.

—¿Cuánto puede valer el destrozo?

—¡Pues… tanto, pero yo con la mitad me conformaría!

Los curas echaron mano de sus bolsas y le pagaron por entero al hombre el valor de las vasijas. Este quedó muy agradecido y contento, y los curas siguieron su camino comentando divertidos la anécdota.

Un zapatero en el aquelarre

También suele hablarse de cierto zapatero remendón, del pueblecito navarro de Cabredo, a quien dicen que su amigo Juanis, el cura-brujo de Bargota, había invitado a acudir al aquelarre de Viana. Por eso, y tal como llevaba haciéndolo algunos sábados seguidos, este también se disculpó ante sus familiares por la noche, diciendo que tenía que terminar un trabajillo urgente, abajo en el taller, y que se fuesen a dormir, que él lo haría más tarde.

Pero no tenía ningún trabajo pendiente, como bien pueden suponer. Por el contrario, en cuanto las campanas de la iglesia anunciaron las doce de la noche, el sastre se desnudó, tomó una redoma que escondía en su taller y se puso a untarse un ungüento que contenía el recipiente. Primero se lo aplicó en los pies, luego en el vientre y por último en los sobacos. Terminado el unto, montándose sobre el palo de una escoba, exclamó:

—Untados los pies, sobaco y barriga, ¡suba el zapatero *chiminea* arriba!

Y, según lo dijo, salió disparado por el negro hueco de la chimenea, sobrevolando seguidamente tejados, montes y ríos, hasta dar con sus huesos, suavemente, sobre el prado de Cantabria, donde ya otros brujos y brujas estaban danzando alegremente alrededor del macho cabrío.

Concluido el baile, y como otros sábados, los asistentes al aquelarre corrieron a besarle al cabrío bajo el rabo. También fue a hacerlo el zapatero, aunque no fuera este un gesto que le agradase mucho, sino más bien todo lo contrario. Pero sucedió que, este sábado, y justo cuando el artesano iba a depositar el infame ósculo en aquel culo negrísimo, al cornudo se le escapó una ventosidad pestosísima que casi mata por intoxicación al brujo.

Tras este incidente el zapatero se quedó muy resentido contra el macho cabrío, prometiéndose secretamente tomar represalias contra él. Por eso, cuando acudió el sábado siguiente al aquelarre y le tocó el turno de besar el diabólico trasero, sacando una afilada lezna, que había cogido de su taller y traía conveniente oculta, ni corto ni perezoso se la clavó con muy malas intenciones en el ano al diablo.

Pero sucedió que, muy al contrario de lo que esperaba el zapatero, la lezna apenas pinchó levemente aquella piel durísima y curtida como el cuero más resistente. Con todo, al sentirse pinchado, el cornudo se volvió y le dijo al zapatero con muy mal talante:

—¡Aquesta bruja que ahora ha besado, traiga el bigote mejor rapado!

El zapatero abandonó muy asqueado el prado de Cantabria aquella noche. Tanto que, descubriendo además que en la punta de la lezna había sangre del diablo, tiró esta en medio de un campo, para no meter la desgracia en su casa, y ya no volvió al aquelarre nunca más.

118

La cieguecita de Viana

En las afueras de Viana vivió hace varios siglos Endregoto, una bruja ciega que tenía fama de curarlo todo. Incluso la vejez decían que curaba, pese a que ella era viejísima.

Un día se presentó en la casa de la bruja el conde de Aguilar y le pidió a esta que lo volviese joven.

—¡Lo haré encantada! –aceptó la vieja.

Durmió al conde haciéndole comer una manzana con un somnífero, y luego lo descuartizó en trocitos muy pequeños. Los echó en una redoma grande, y sobre ella volcó el contenido de otra redoma pequeña, en la que había "manteca de gardacho, sangre de murciélago, huesos de corazón de ciervo, lenguas de víboras, cabezas de codornices, sesos de asno, tela de caballo, mantillo de niño, soga de ahorcado, flor de yedra, espina de erizo, pie de tejón, granos de helecho, la piedra del nido del águila y un enemiguillo".

Luego removió y removió la asquerosa mezcla con el hueso de un lobo. Siguió removiéndola y removiéndola… Pero el conde no solo no se volvió joven, sino que tampoco recuperó la vida.

Endregoto, la bruja ciega, fue apresada por la Santa Inquisición y, sin comprender qué era lo que había fallado en su hechizo, acabó sus días en Logroño achicharrada en una hoguera.

Los dos muleros

Un mulero navarro, que volvía de La Rioja con sus siete mulas bien cargadas, se encontró con otro mulero que hacía el mismo recorrido que él, y que del mismo modo llevaba otras siete mulas cargadas. Como la marcha era pesada y el camino aburrido, se pusieron a charlar animadamente. Pero la conversación fue degenerando en acalorada porfía, y de ahí, a hacer una importante apuesta por el más trivial de los motivos, fue todo una. Sucedió que, el primero perdió sus siete mulas, que eran el precio de la apuesta, y que sin saberlo él, claro está, el otro las ganó haciendo trampas.

De este modo, el mulero perdedor, padre de familia numerosa y rodeado de estrecheces, se vio privado de sus siete mulas, mientras que el otro se iba con catorce y más contento que un obispo ante un capón al horno.

El pobre padre, o el idiota del mulero que perdió sus mulas, que para el caso es igual, estaba desesperado. No encontrando solución alguna para evitar la catástrofe que se le avecinaba, solo sintió deseos de volver a su humilde casa para poder abandonarse a un desconsolado llanto sentado a la mesa ante un vaso de vino.

Por hacérsele de noche por el camino y estar muy cansado, decidió pernoctar debajo de un puente, donde dar principio a su llanto, aunque sin la ayuda del vaso de vino. ¡Tanto estaba necesitando llorar! Pero también aconteció que, próximo al puente, aunque no precisamente debajo de él, sino en un cercano descampado, bailaba un grupito de gente.

¿No era extraño que hubiera allí gente bailando a tan altas horas de la noche? Se olvidó de su incipiente llanto y se puso a observar atentamente. Por lo obsceno de la reunión, en la que participaban unas cuantas viejas pellejosas y guarras como ellas solas, no le resultó difícil comprender que aquello era un aquelarre.

La que parecía ser la jefa, despelotada y sucia de sudor y tierra, jadeando aún por lo desenfrenado de la danza, cuando se hubo cansado de menear el trasero comenzó a dar palmadas llamando la atención de las demás. Lo que a continuación dijo, fue:

—¡Hermosas compañeras, la señora de tal casa está enferma desde hace siete años, sin que remedio alguno haya podido curarla; no se curará tampoco si no encuentran el pedazo de hostia que tiene en su boca un sapo, que está debajo de una losa de la entrada de la iglesia de su pueblo! —tras tomar aire, añadió con voz cascada—: Solo si le dan de comer ese pan bendito se repondrá la señora, pero eso no va a suceder. ¡Viva el mal!

—¡Viva! —chillaron todas a una.

Cuando se hubieron marchado las brujeriles féminas, el mulero volvió directamente a su casa, realizando casi todo el camino a la carrera sin que al parecer el cansancio le incomodase ahora lo más mínimo. Ya en su casa, sin decirle nada de la apuesta ni la pérdida de las mulas a su mujer, como tampoco de lo que había visto y oído aquella noche, tras vestir su mejor ropa salió nuevamente de su casa.

Mucho anduvo para encontrar la casa de la señora enferma, pues no estaba cerca de la suya, ni siquiera en aquella comarca, pero al fin la encontró. Como la señora estaba enferma, ya se ha dicho, se le pusieron muchos reparos para llevarlo hasta ella, cuando él manifestó necesitar verla de inmediato. Solo su insistencia ablandaría a los de la casa que, accediendo al fin, acabaron por conducir al mulero a la habitación de la paciente.

En cuanto estuvo ante la mujer, le preguntó:

—Señora, ¿recuerda usted si hace siete años se le cayó un trozo de pan bendito, al ir a comulgar?

La señora quedó pensativa unos momentos para, muy entristecida, acabar reconociendo:

—Sí, lo recuerdo; pero no se me cayó, lo tiré yo misma al suelo con desprecio.

—Pues sepa que desde aquel día el trozo de pan lo tiene en su gaznate un sapo que había debajo de una losa del templo. Si se recupera la hostia y se la come, quedará usted curada —reveló el mulero.

Al tener noticia de aquello, el marido de la enferma y el mulero se dirigieron a la iglesia. Tal como fuera revelado por las brujas, debajo de una de las losas de la entrada había un sapo y tenía la hostia en la boca. Vueltos a casa con el sagrado pan, y tras limpiarlo bien, se lo dieron a comer a la señora.

El restablecimiento de la enferma no se hizo esperar, con el consiguiente alborozo tanto de ella misma como de sus familiares. Su marido, muy agradecido, le dijo al mulero que le pidiese lo que quisiera, que al momento se lo daría.

Ante oferta tan irresistible, el rústico se quedó unos instantes pensativo. Pero en seguida resolvió que lo mejor que podía pedir eran siete mulas, y así lo hizo. El dueño de la casa lo miró extrañadísimo, no pudiendo menos que decir:

—¡Pero eso es muy poca cosa! Te daré siete hermosas mulas y por lo menos el dinero suficiente para que te compres otras siete.

¡Lo feliz que marchó el mulero con sus siete nuevas mulas y el dinero en la bolsa! Ahora podría seguir ejerciendo el único oficio que conocía y, aunque no llegara a ser nunca rico, por lo menos su familia no pasaría hambre.

Como siempre lo hiciera, el mulero se dedicó a comerciar por los mercados de los pueblos. Durante sus viajes a veces se encontraba con su colega, aquel que se quedara con sus siete mulas, y a quien las cosas no parecían irle nada bien. La causa era que una epidemia había reducido a cuatro el número de mulas, al poco de hacerse con las catorce. Pero poco tiempo después también perdió esas cuatro, con lo cual llegó la ruina a su casa y a su vida.

Viendo la buena suerte del otro mulero, el tramposo decidió preguntarle a su colega un día:

—¿Cómo te las has arreglado para volver a tener mulas?

—¡Aprendí la forma debajo de un puente —desveló el mulero afortunado—, y seguro estoy de que tú también aprenderías algo en el mismo lugar!

De ahí a referirle toda la historia no hubo más que un paso. Por eso, noches después podía verse al ahora mulero sin mulas, esperando bien oculto debajo del puente la llegada de las brujas. Estas, que no se hicieron esperar, bailaron como la otra vez, y también habló la jefa del grupo. Solo que en esta ocasión fue para decir:

—La señora de tal casa, que estaba enferma, se ha curado. Alguien debe venir aquí a escuchar lo que

decimos, por eso, miremos debajo del puente a ver
si lo encontramos.

Miraron, sí, y no tardaron en encontrar al mulero, al que las maléficas agarraron salvajemente por
los cabellos y arrojaron al río. Tras ello, la jefa chilló:

—¡Viva el mal!

—¡Viva! –vocearon las otras.

Mas el mulero no pudo oír los gritos de las brujas, porque para entonces ya había muerto ahoga-
do.

Decían los viejos del lugar, y no es broma, que
todas las noches se oían, cerca del puente, los gemidos que lanzaba el alma en pena del mulero. Lo que
no sabemos, ni los viejos lo dijeron, es qué puente
era ese.

¡Acaban de dar las doce!

Unos jóvenes robaron una noche un cordero en cierto pueblo riojano.

Cuando se lo llevaban amparándose en la oscuridad, sonaron en la lejanía las campanadas de la iglesia de aquel pueblo.

—¿Qué hora será? —preguntó uno de los ladrones.

A lo que, inesperadamente, el cordero les respondió:

—¡Acaban de dar las doce!

Los muchachos salieron a escape, dejando abandonado el cordero, que no era tal, sino una anciana del pueblo, bruja sin duda, a la que habían reconocido por su inconfundible voz.

No lo he visto, pero lo he oído

Una anciana se presentó ante un juez de la Inquisición de Logroño, acusando de bruja a una vecina suya:

—¿Por qué crees que tu vecina es bruja? –le preguntó muy serio el juez.

—Porque de noche va volando por los aires al aquelarre –respondió la vieja.

—¿Es que la has visto volar?

—No la he visto, pero lo he oído.

—En ese caso no sirves para testigo –resolvió el inquisidor.

La vieja entonces, según se iba, soltó un ruidoso pedo que sobresaltó al inquisidor, y este vociferó:

—¡Desvergonzada, te has tirado un pedo!

La vieja se detuvo, miró burlona al inquisidor y le preguntó:

—Y, ¿cómo sabe vuestra merced que he sido yo?, ¿es que acaso lo ha visto?

—¡No lo he visto, pero lo he oído! –contestó iracundo el juez.

—Pues entonces tampoco servís para juez –repuso aquella vieja, saliendo de la estancia sin añadir palabra y dejando al inquisidor con dos palmos de narices.

Brujerías navarras en Logroño

Según creían algunos de los inquisidores del Santo Oficio de Logroño, los brujos y brujas apresados en Navarra, durante lo que se dio en llamar el "proceso de las brujas de Zugarramurdi", siguieron practicando sus brujerías, y hasta acudiendo al aquelarre, incluso durante el tiempo en que permanecieron encerrados en las prisiones secretas de la Inquisición.

Entre otros muchos ejemplos, y aunque pueda parecer del todo increíble, observamos el caso de Joanes de Goiburu, de edad de 37 años, quien declaró que durante su estancia en Logroño, "estando en la Casa de la Penitencia, antes de entrar en las cárceles secretas, un día tuvo el demonio acceso carnal con él". Pero no había sido esa la única ocasión en que se le había aparecido el demonio, pues, ya antes, el maligno le había mandado "que no confesase que era brujo, porque si lo confesaba lo quemarían".

Algo parecido declaró la octogenaria María de Zozaya, quien fue visitada por el demonio durante su prisión en la cárcel de Rentería, en la que, "estando en ella dudosa si confesaría o negaría que era bruja", se le apareció "tres veces a mediodía en diferentes días, arrimado a una pared de la casa donde estaba, con semblante muy airado, y la persuadió a que no se confesase la verdad, porque si lo hacía, la quemarían". Posteriormente, y ya en la

Casa de Penitencia de Logroño, volvió a aparecérsele "persuadiéndola lo mismo".

Más llamativo aún es lo declarado por María de Dindarte, de 40 años, quien aseguró que estando presa en su pueblo, y durante siete semanas metida en un cepo y con grillos, no por eso dejó de acudir al aquelarre "porque un demonio iba por ella".

"Y lo primero le abría el cepo y quitaba las prisiones, untándolas con una cosa negra. Y con el mismo ungüento untaba a esta en las partes donde se solía untar, y la sacaba por una ventana y la llevaba al aquelarre, y dejaba en su lugar una figura y cuerpo como el suyo, puesto en el dicho cepo y grillos. Y cuando la volvía a traer del aquelarre, el dicho bulto se desaparecía y el demonio ponía a esta en las mismas prisiones y en la forma que estaba antes que la llevase. Y en las tales noches que la llevaba de las prisiones la persuadía que no descubriese la verdad, porque si la decía, la echaría en el infierno, y que no desamparase su ley, que era la verdadera."

Además, un aquelarre en Logroño, que supuestamente tuvo lugar el 12 de mayo de 1611, por cierto, día de la Ascensión aquel año, según declararon al Santo Oficio siete testigos oculares, y conforme a los documentos que se conservan, fue como sigue:

"Estando en el molino de la Papelería de esta ciudad de Logroño, después de las diez de la noche en adelante, vieron por una ventana del dicho molino cómo de la otra parte del río, en distancia de tres tiros de onda, estaba un gran fuego, que la llama subía muy alta y que alrededor de él andaban muchas personas, como si estuvieran danzando, que distintamente se parecían los bultos, como iban pasando, con la vislumbre del fuego. Y que en una parte, junto a él, estaba una figura muy alta blanca, que, aunque algunas veces se meneaba y mudaba, las más continuamente se estaba quieta. Y que el fuego y su llama eran tan grandes, que reverberaba su lumbre en las paredes del dicho molino. Y dan razones suficientes, declarando que no era fuego natural ni lo podía ser, antes todos entendieron y se persuadieron que era fuego y junta de brujos. Y de otras cosas que se contienen en las testificaciones, se comprueba ser así, mayormente, que del mismo tiempo hay otras testificaciones de tres brujos, un hombre y dos muchachos, que confiesan haberse hallado en los aquelarres que han hecho en esta ciudad de Logroño y su comarca. Y el uno de ellos declara, como de la otra parte del río hacían sus juntas cerca de una ermita y una tejería, que allí están, que vienen a ser el mismo puesto y parte donde declaran los del molino que vieron los fuegos y el aquelarre. Y saliendo de maitines las monjas de la Madre de Dios la misma noche, vieron los fuegos en la dicha parte, porque su monasterio está fuera de la ciudad y en parte donde podían alcanzar a verlos. Y por ser tan grandes y cosa tan notable, tuvieron grande espanto y enviaron al tribunal, a dar cuenta de lo que habían visto con fray Gaspar de Palencia, de la orden de San Francisco, y su difinidor y calificador de este Santo Oficio."

Pero sabemos de por lo menos tres aquelarres más, de estas características, en la capital riojana, a tenor de la confesión de un niño de nueve años, Joanes de Gorraiz, vasco de allende el Pirineo, que voluntariamente se había presentado ante los inquisidores de Logroño para pedirles le diesen "remedio para la gran persecución que los brujos le hacían en su tierra llevándole al aquelarre". Además, como él mismo niño declaró, "después que está en esta ciudad (Logroño) le llevan al aquelarre de los muchos que hay en esta ciudad y su comarca", uno de ellos su propio tío paterno.

La yegua blanca

Un peregrino solitario, que al salir de Logroño estaba muy cansado, exclamó con cierto despecho:

—¡Cuanto daría yo por tener ahora mismo un buen caballo!

Fue decirlo y, al instante, venir trotando hacia él, surgida de no se sabía dónde, una hermosa yegua blanca que se detuvo a su lado.

Maravillándose ante prodigio semejante, el peregrino no lo pensó dos veces, montó en la yegua y esta comenzó a galopar como una exhalación. Tanto y tanto corría que, al poco, el jinete no pudo evitar exclamar:

—¡Santo Dios del Cielo, pero qué yegua tan magnífica!

De pronto la yegua detuvo su galope, deteniéndose bruscamente, y, en menos tiempo del necesitado para contarlo, el peregrino se encontró sentado a horcajadas sobre la espalda desnuda de una vieja. Una vieja, esquelética y nauseabunda, que no tardó en quitarse de en medio profiriéndole terribles amenazas.

Tras el susto, el peregrino entró en un pueblo, que era, pese al poco tiempo de carrera, nada menos que Santo Domingo de la Calzada. Allí le contó su peripecia a un clérigo, quien, tras escucharle, le dijo:

—¡Nada de eso volverá a pasarte si llevas siempre contigo un rosario!

Una leyenda secreta en el Camino de Santiago

Mejor sería decir "una versión secreta" de una famosa leyenda con innumerables variantes. Tampoco se ponen de acuerdo todas las versiones a la hora de situar los hechos, pues unas dicen que sucedieron en Toulouse, pero otras que en Santo Domingo de la Calzada. En fin, de lo que no parece haber duda es de que sucedió hace muchísimo tiempo, y de que los protagonistas fueron un matrimonio de peregrinos alemanes, con un hijo adolescente.

Como estaban cansados por la larga marcha y necesitaban reponer fuerzas, tras una dura jornada, una noche decidieron tomar albergue hasta el día siguiente. Pero, ¡cosas que pasan!, la hija del posadero, moza muy temperamental, puso sus ojos en el más joven de los tres peregrinos. Por no ser una mujer en absoluto tímida, sino, muy al contrario, bastante desenvuelta e incluso no poco desvergonzada, se propuso seducir al muchacho.

Para alcanzar sus propósitos, la hija del posadero se coló discretamente en la alcoba del joven peregrino, una vez hubo caído el silencio del sueño sobre la posada. Llegándose en cueros hasta la cama del alemán, se introdujo en ella decididamente, despertó al durmiente con sabias caricias y húmedos besos, y le propuso pasar una noche de loca orgía.

Mas el peregrino, sobresaltándose al conocer los propósitos de la fémina, se deshizo en improperios contra ella, amenazándole con gritar si no abandonaba la alcoba inmediatamente. Aunque enormemente contrariada, la moza, que por no entender el alemán fingió no darse por enterada, insistió en sus tentativas lúbricas, contoneándose lascivamente delante del varón. Pero este, que según parece poseía un temple a prueba de tentaciones, en vez de ceder se postró a los pies de la cama y comenzó a orar con gran fervor, rogando a Dios que le ayudase a defender su pureza.

Ante la actitud del muchacho, la mujer hubo de abandonar la alcoba ya abiertamente enojada. Y como la ira de una mujer puede no conocer límites, la de esta fraguó durante aquella noche una cruel venganza. Tomó una copa de plata de su padre y, cuando consideró que el muchacho dormía, volvió a colarse en su alcoba y la escondió sigilosamente en su equipaje.

A la mañana siguiente, en cuanto el matrimonio y su hijo acababan de abandonar la posada, la hija del posadero informó a su padre, falsamente alarmada:

—¡Padre, hemos sido robados durante la noche y sospecho que los ladrones han sido esos peregrinos alemanes!

Avisado el juez, prontamente se dio alcance a los peregrinos. Y, ciertamente, registrado su equipaje, no tardó en aparecer la fatídica copa. Entonces, muy gravemente, el representante de la justicia sentenció:

—¡Uno de los dos, el padre o el hijo, tiene que morir en la horca!

Pese a que la elección era dura, pronto decidiría el hijo ser quien muriese, por lo que, lleno de cadenas, fue trasladado a la prisión. Mientras, sus pobres padres reemprendían el camino hacia Santiago, con el corazón destrozado por el dolor.

Semanas más tarde llegaba a la posada otro peregrino. Se trataba en esta ocasión de un francés de unos treinta años, que al igual que los alemanes pidió albergue por una noche. Como en el caso anterior, también ahora puso la hija del posadero sus ojos en el peregrino. Y, del mismo modo, cuando todos dormían se llegó discretamente hasta su alcoba, en busca del placer que su temperamento ardiente le exigía. Metiéndose desnuda en la cama, despertó al francés con tanta habilidad que, incapaz de cualquier resistencia, este se rindió a sus caprichos durante toda la noche.

Pero sucedió, en esta ocasión, que el posadero pudo descubrir por casualidad cómo su hija entraba desnuda en la habitación del peregrino. Comprendiendo a qué debía obedecer aquella visita, y que seguramente debía haber habido otras similares con otros peregrinos, él también acabó rumiando una venganza. Mas, por temer el escándalo, que podía ser muy negativo para su negocio, optó por ensañarse con el extranjero, dejando a salvo a su hija y con ella a su propia honra.

Para llevarla a la práctica tomó la misma copa de plata que ya conocemos y, cuando la pareja dormía, entró en la habitación del peregrino y la escondió en su equipaje. Pero lo hizo con tan poca habilidad, que provocó un pequeño ruido, débil, en verdad, pero suficiente para alertar a su hija. Esta, oliéndose lo que se tramaba, se apresuró a registrar en el equipaje del hombre, de manera que, al hallar la copa, se dijo para sí muy indignada:

—¡Sin duda mi padre me ha descubierto y quiere vengarse del francés, pero como no es justo que salga perjudicado quien se ha comportado conmigo de una manera tan complaciente, he de preservarle del peligro!

Por lo tanto, colocó la copa en su sitio en el estante y, habiendo tomado un valioso medallón del equipaje del francés, lo introdujo en la misma copa. Seguidamente, y como si nada hubiese sucedido, viendo que amanecía se dispuso a dar comienzo a sus tareas habituales en la posada.

Cuando el francés se hubo marchado, el posadero se apresuró a vocear con una exagerada indignación:

—¡Ese maldito francés me ha robado una copa de plata, hemos de hacerle detener antes de que esté demasiado lejos!

Avisado nuevamente el juez, se salió en busca del peregrino, se le dio alcance en cuestión de minutos y le fue registrado sin demora su equipaje. Pero como la copa no apareció entre sus pertenencias, el juez decidió:

—¡El peregrino es libre de continuar su camino, pues ha demostrado no ser el ladrón!

Sin embargo, sorprendentemente sería el propio peregrino quien, descubriendo durante el registro que el valioso medallón había desaparecido de su equipaje, se puso a gritar muy alarmado:

—¡Alguien me ha robado mi medallón de oro mientras dormía en la posada!

En vista del inesperado giro que tomaba el asunto, el peregrino y el juez acompañaron al posadero hasta su casa, pese a sus reiteradas protestas. Y, ante el asombro e indignación de todos, no solo encontraron la copa en su sitio, sino que hallaron dentro de ella el medallón desaparecido.

—¡En este caso, pues además de ladrón, ha demostrado ser también un calumniador, condeno al posadero a morir en la horca! —sentenció solemnemente el juez.

Días más tarde, el posadero era colgado en la plaza principal del pueblo junto al joven peregrino alemán. Pero, como en ocasiones el destino gusta burlarse de los humanos, sucedió algo insólito. Debido a que el verdugo había empinado el codo ese día para darse ánimos y poder llevar a cabo la macabra doble tarea, la soga no quedó bien ajustada alrededor del cuello del muchacho. Por eso, aunque hacía rato que el posadero había dejado el mundo de los vivos, y se balanceaba inerte colgado del patíbulo, el muchacho, a su lado, estaba tan vivo como aquel grupo de mirones que tenía a sus pies.

—¡Es un milagro! —decían unos.

—¡Lo sostiene el diablo! —gritaban otros.

En esto, se presentaron en la plaza los padres del muchacho, de regreso de su peregrinación, quienes, al descubrir prodigio semejante, corrieron hasta la casa del juez.

—¡Señor juez, mi hijo está vivo en la horca a pesar de llevar más de una hora colgando! —anunció el padre.

—¡Es una prueba milagrosa que nos ofrece el apóstol Santiago para demostrar a todos la inocencia de mi hijo! —añadió la madre.

El juez, que nada entendía, se rascó insistentemente la coronilla sintiéndose burlado. Y, como en ese momento pasase ante ellos la criada, llevando en sus manos, para la comida, un gallo recién desplumado, el representante de la justicia no tuvo otra ocurrencia que decir:

—¡Vuestro hijo está tan vivo como ese gallo que me voy a almorzar!

No bien hubo pronunciado tales palabras, el gallo, que a pesar de las apariencias aún no había terminado de morirse, dio un respingo y escapó de las manos de la criada, corriendo como loco por la habitación. Ante hecho tan insólito, el juez, más muerto que vivo, se apresuró a sentenciar:

—¡Este es un asunto para la Santa Inquisición!

Y la Santa Inquisición, poco amiga de creer en según qué tipo de milagros, como era de temer, consideró que mediaban artes hechiceriles en todo aquello y condenó a la hoguera a los tres peregrinos alemanes. Y en el fuego acabaron sus días hijo y padres, sin que ningún otro incidente relacionado con ellos viniese a turbar el ánimo de tan santa institución.

Por su parte, la hija del posadero, convertida ahora en posadera con todas las de la ley, siguió poniendo las suyas en la cama de otros peregrinos, ya sin injerencias paternas ni impedimento alguno.

Y esta es la versión secreta de la leyenda. Ahora bien, si el amable lector no se hubiese quedado conforme con su lectura, siempre tiene la opción de acudir a cualquiera de las múltiples variantes que circulan por ahí, todas ellas muchísimo más piadosas que la presente. Queda dicho.

Una mula floja

Un labrador que tenía un campo de cereal cerca de Belorado, últimamente venía notando que la mula con la que araba aquel terreno estaba muy, pero que muy floja. Para colmo, además de parecer no tener fuerzas, aprovechaba el mínimo descuido del amo para echarse sobre la tierra.

—¡Maldita mula floja, ¿qué demonios le ocurrirá? —se preguntaba el campesino con enojo—. ¡Si la alimento bien, si por la noche está abrigada en la cuadra y tiene un lecho confortable donde poder dormir cómodamente…!

Enferma tampoco estaba, porque así se lo había dicho claramente el veterinario, quien tampoco entendía el por qué de aquella flojedad de la mula, que siempre había sido fuerte como un buey.

Como, cierta tarde, viendo el labrador que se le echaba la noche encima y no lograría arar la porción de terreno que se había propuesto, pues la mula parecía tener las piernas de goma, en el colmo de su enojo la emprendió a golpes con el animal.

—¡Maldita bestia estúpida! —bramó el campesino, atizándole a la mula en las costillas, fuertes golpes con un grueso garrote—. ¡Pues hemos de acabar la labor así te mate a palos!

La mula entonces se sentó agotada, miró tristemente al amo y le dijo:

—No es a mí, sino a tu mujer, a quien debieras apalear.

El campesino retrocedió asustado, ante prodigio semejante, y exclamó santiguándose:

—¡Esto es cosa del diablo!

—¡No, es cosa de la bruja de tu mujer —añadió la mula—, que por las noches, sin que tú te enteres, me saca de la cuadra, se monta en mi lomo y me hace galopar por los aires hasta los Montes de Oca, donde se reúne con otras brujas como ella hasta el amanecer!

Las mozas brujas

Aunque esta leyenda, sucedido, o chascarrillo, se cuenta en casi todos los pueblos de Europa, y también de allende el continente europeo, ofrecemos esta versión recogida en tierras burgalesas, porque en vez de ir referida a fantasmas, como suele ser lo más frecuente, alude a brujas.

Por lo visto, unas mozas de Espinosa del Camino, muy atrevidas y guasonas, solían divertirse algunas veces asustando a peregrinos trasnochadores. Para ello se envolvían con unos sacos viejos, se colocaban altas tocas negras postizas y se cubrían el rostro con unas mantillas negras. Como, además, iban armadas con grandes escobones de grueso mango, vistas así, de buenas a primeras, su aspecto imponía terriblemente a los desavisados.

Normalmente se apostaban tras unas tapias arruinadas, casi al borde de la calzada a Villafranca, en las afueras del pueblo, y cuando el infeliz caminante menos se lo esperaban, se veía rodeado por aquellas figuras grotescas y espantables, que le chillaban sin cesar:

—¡Uhhh…, uhhh…!

Las víctimas salían corriendo casi siempre, y entre grandes carcajadas de las guasonas acababa la fiesta. Pero si el peregrino se resistía o no echaba a correr, las falsas brujas la emprendían a escobonazos contra él, hasta que también este optaba por echar a correr despavorido. Normalmente no hacía falta insistir demasiado para que los caminantes pusieran pies en polvorosa, pues, por regla general, ya iban informados de lo peligroso que era traspasar aquel territorio, especialmente los cercanos montes de Oca —en la terrible *Dioecesis Aucensis* del *Codex Calixtinus* y otros textos medievales–, plagados de bandidos sanguinarios y objeto, desde tiempo inmemorial, de las más terribles y espeluznantes leyendas.

Pero sucedió que, una de aquellas tardes que las mozas decidieron divertirse de su forma acostumbrada, la víctima, una peregrina alta y de andar decidido, no se asustó al ser sorprendida por el "¡Uhhh…, uhhh…!" de las supuestas brujas. Por el contrario, siguió su camino sin inmutarse, vamos, como si fuera sorda y ciega.

En vista de este primer fracaso, las mozas caminaron tras ella durante un buen trecho, sin dejar ni un instante de lanzarle los consabidos:

—¡Uhhh…, uhhh…!

Pero nada, la peregrina o no se enteraba o no quería darse por enterada.

Entonces, enojada por la actitud de la desconocida, y alzando ya el escobón amenazadoramente sobre ella, una de las mozas más atrevidas le gritó con muy malos modos:

—¡Eh, tú, que somos brujas!

La desconocida se detuvo en seco, se volvió sin alterarse lo más mínimo, y se plantó ante las mozas mirándolas penetrantemente una a una. También se detuvieron las mozas, como presintiendo un peligro. Seguidamente, ante el asombro y pavor de las falsas brujas, aquella señora se elevó del suelo más de dos metros, como si fuese una ligerísima pluma, y exclamó con potente e inesperado vozarrón:

—¡También soy bruja yo, ¿pasa algo?!

Dicen que las mozas tiraron los escobones al instante y todavía hoy día siguen corriendo, tal fue la prisa que se dieron en escapar de allí. Sin embargo, como luego cada cual debió contar el suceso a su manera, comenzaron a circular diversas versiones del mismo, por ejemplo, que lo que la peregrina les dijo antes de salir volando, fue:

—Pues si sois brujas… ¡seguidme!

O, también, que la misteriosa peregrina, más que una bruja, era, si no un monstruo escapado del infierno, el mismísimo Satanás. Y es que, como es bien sabido, el miedo aviva la imaginación.

Existe otra versión parecida, referida como suceso real a Villafranca de Montes de Oca. Pero, una vez más, los guasones, que son mozos en vez de mozas, según nos aseguraron iban disfrazados, también una vez más, de fantasmas.

La galga misteriosa

Este es el caso de un campesino que, cuando estaba arando un terreno con sus dos bueyes, se fijó en que una mujer entraba en el cercano arroyo o quebrantada, pero al rato salía del mismo sitio una galga. Lleno de curiosidad, el labrador se acercó al lugar y descubrió, escondida entre unos juncos, la ropa de aquella mujer hecha un hatillo. La recogió decididamente y la colgó en el yugo entre los bueyes.

Por la tarde, cuando empezaba a caer el sol, volvió a aparecer la galga, que se fue derechita para los juncos del arroyo. Pero, como no encontró la ropa, se encaminó hacia los bueyes del labrador e intentó alcanzar el hatillo colgado del yugo. Aunque no lo consiguió, los bueyes, misteriosamente, a partir de entonces ya no fueron capaces de labrar ni un palmo de terreno, aunque hacían grandes esfuerzos y sudaban la gota gorda. Sin duda estaban siendo víctimas de un embrujamiento. En vista de ello, el labrador se fue con sus bueyes para su casa, pero sin mover el hatillo del yugo.

A medio camino se presentó ante el labrador una mujer en cueros vivos, que le suplicó:

—¡Deme usted mi ropa, y tenga por seguro que nunca le haremos ningún daño ni a usted ni a su familia!

El labrador se detuvo, miró a la mujer de arriba a abajo con gesto desafiante, y le respondió:

—¡Te la daré, pero si antes me dices dónde has estado y que fechorías has hecho!

Comprendiendo que no le quedaba más remedio que ceder a la petición de aquel hombre, la mujer confesó:

—He estado yo y otras compañeras en tal pueblo, y le hechos chupado los tuétanos a la hija de un médico.

—¡Pues si no le devolvéis la salud ahora mismo, no te doy la ropa! –resolvió con gran firmeza el labriego.

—¡Eso es imposible –exclamó la mujer, con cierto deje de preocupación en su voz–, porque ya se ha muerto!

—¡Pues entonces no te doy la ropa! –sentenció el campesino.

—¿Y qué voy a hacer yo ahora? –inquirió la bruja (porque ya no le quedó duda al campesino de que lo era) a punto de echarse a llorar.

—¡Ese es tu problema, no el mío!

Sin añadir nada más, el labrador siguió su camino con sus bueyes. Por lo visto, aunque durante un buen trecho lo siguió la mujer desnuda suplicándole, finalmente, cuando ya estaba cerca del pueblo, ella se quitó de en medio y no apareció más. Dicen que, sin su ropa, aquella bruja quedó condenada a permanecer siendo galga por el resto de sus días.

Sin embargo, otra versión de esta popularísima leyenda, de las muchas que circulan por Castilla, asegura que el labriego se compadeció de la desnudez de la bruja, pese a sus maldades, le devolvió su ropa, y ella pudo recobrar por completo su condición humana. De modo que, ya que son dos los finales de esta historia, y bien distintos por cierto, les toca elegir a ustedes el que más les agrade.

La bruja invisible

Nada más entrar en Tierra de Campos, aquel peregrino empezó a notar que alguien le venía siguiendo, a pesar de que, por mucho que giraba la cabeza para descubrir de quién se trataba, a nadie veía. Como seguía oyendo constantemente pasos a su espalda, y terminara por inquietarse, de pronto se volvió con gesto resuelto y arrojó, a la buena de Dios, el cuchillo de que iba armado.

¡Menudo sobresalto se llevó entonces! Porque escuchó perfectamente una especie de gemido humano, a la vez que descubría una mancha roja en el suelo. Se acercó, pudiendo comprobar que era sangre, y también descubrió un rastro de sangre que retrocedía desandando el camino.

El peregrino lo siguió inquieto, pero intrigado, y el rastro bermejo le condujo hasta una casita de adobe, en el extremo de un pueblo. Entró en ella sigilosamente y se encontró con que, tirada en el suelo del vestíbulo, había una mujer desnuda, que sin duda estaba muerta, y que tenía clavado en el pecho el cuchillo que él había arrojado poco antes.

Tu mujer es una santa

Un sacristán de Frómista empezó a sospechar que su mujer le era infiel, porque una noche, habiéndose despertado el pobre hombre por culpa de una pesadilla, descubrió que ella no estaba a su lado en la cama. Miró por toda la casa y, como no la encontró, se dijo muy contrariado:

—¡Esta mujer mía no da buenos pasos!

Pero se volvió a meter en la cama y esperó, haciéndose el dormido, a que llegase su mujer. Esta apareció al amanecer, andando de puntillas, y se introdujo en el lecho procurando no hacer ruido. El marido siguió sin decir nada, fingiendo dormir a pierna suelta.

A la noche siguiente el sacristán se propuso averiguar a dónde iba su mujer, pero, por más que esperó y esperó tratando de vencer el sueño, aquella noche su esposa no abandonó la cama y durmió como una bendita. Lo mismo sucedió a la noche siguiente, y a la otra... Pensando que sin duda aquella salida de su mujer debía tener una explicación, el sacristán dejó de pensar mal y terminó por tranquilizarse y dormirse como Dios manda.

Mas sucedió que, otra noche, la del viernes al sábado concretamente, el sacristán volvió a tener una pesadilla, volvió a despertarse sobresaltado y otra vez descubrió que su mujer no estaba en la cama. Se levantó, miró por toda la casa y, cuando ya pensaba que, como en la otra ocasión, tampoco iba a encontrarla, resulta que la vio salir de la vivienda discretamente, envuelta en una toquilla negra de lana. Aunque estaba en camisa de dormir, el sacristán la siguió siguilosamente.

Amparándose en las sombras de la noche, la mujer del sacristán, seguida por este sin ella saberlo, se encaminó al cementerio, en medio del cual lucía una enorme hoguera, alrededor de la que bailoteaba un buen número de mujeres, muchas de ellas en cueros vivos, y otras a medio desnudar, con gran jaleo de voces y palmas. A ellas se unió la mujer del sacristán, que fue recibida con gran contento por parte de las otras.

Desde su escondite, tras una sepultura, el sacristán pudo ver que también su mujer se desnudaba hasta quedarse en cueros, y que luego se unía al grotesco grupo de bailarinas para soltarse con un fandango mientras era jaleada por sus compañeras.

—¡La muy guarra! –murmuró entre dientes el sacristán, dudando si salir de su escondite y emprenderla a golpes con aquellas desvergonzadas, o permanecer agazapado por descubrir qué más hacían. Tras unos instantes de vacilación, se decidió por lo segundo.

Después de un rato de baileto, las mujeres sacaron varias redomas y unas a otras se fueron embadurnando el cuerpo con el contenido pegajoso de las mismas, a la par que hacían comentarios obscenos y se reían alegremente. Concluido el unto, la mujer del sacristán, que parecía llevar desde hacía rato la voz cantante, subiéndose en lo alto de un pilar roto, que les hacía las veces de estrado, exclamó:

—¡Untada y bien untada como estoy, por debajo de nubes y por encima de zarzas, *pa* Sevilla me voy!

Fue decirlo y salir disparada como un cohete hacia las alturas. Acto seguido, una tras otra, todas las mujeres repitieron la misma frase, y, según las decían, igualmente salían volando hacia el negro cielo nocturno.

Cuando la última de las mujeres hubo abandonado el cementerio, el sacristán, que no podía dar crédito a sus ojos, se acercó a la hoguera y tomó con los dedos un poco del contenido de una de las redomas. Aunque era una especie de pasta negruzca y viscosa, de olor muy penetrante y hasta cierto punto nauseabundo, el sacristán se dijo:

—¿Por qué no he de probar yo también?

Y desprendiéndose de su camisa de dormir. en un periquete se untó presuroso aquella pasta por todo el cuerpo. Luego se subió al estrado presa de una repentina impaciencia, de una precipitación tal, que, sin darse cuenta, exclamó:

—¡Untado y bien untado como estoy, por encima de nubes y por debajo de zarzas, *pa* Sevilla me voy!

Fue decirlo y salir disparado también el sacristán como un cohete. Pero no tardó mucho en descender y atravesar con su cuerpo, de manera vertiginosa e inesquivable, toda suerte de matojos, zarzas y matorrales espinosos.

Tras un buen rato de accidentadísimo viaje, magullado, escocido, lleno de arañazos y sangrando por toda su piel, aquel sacristán dio con sus huesos en un lugar desconocido, en mitad de unos arenales, en el que una muchedumbre, ligerita de ropa, parecía celebrar una bacanal. Allí estaban también las brujas, las malvadas brujas de su pueblo, y su mujer entre ellas, besándole en el culo, en ese preciso instante, a un enorme macho cabrío de desco-

munales cuernos, mientras algunos brujos la rodeaban y acariciaban de un modo que al pobre sacristán le pareció muy indecente.

—¡La muy guarra! –chilló fuera de sí el sacristán,
abalanzándose sobre su mujer como una furia–. ¡La
pécora! ¡La desvergonzada! ¡La ramera…!

Unos cuantos brujos, riéndose al observar la furia
de aquel hombrecillo malherido, furia que inter-
pretaron se debía a que aquella bruja se le había
colado a la hora de dar el beso, trataron de calmar-
lo diciéndole:

—¡Tranquilo, que también besarás tú!

—¡Claro, tú no te preocupes, que hay culo para
todos!

El sacristán, que ya estaba a punto de sujetar a su
mujer por un brazo, plantándose horrorizado ante
los brujos, que lanzaban ahora grandes risotadas,
inquirió repugnadísimo:

—¡¿Que también yo he de besar ese culo…?!
¡Santo Dios del Cielo, eso no lo verá vivo alguno!

¡La que se armó de pronto al pronunciar tal cosa!
Primero sonó un trueno infernal en el espacio,
luego todos los congregados se pusieron a gritar y a
correr despavoridos de un lado para otro, quitándose de en medio prontamente. Así, antes de darse
cuenta, el sacristán se encontró solo en medio de
aquel inmenso arenal, que era lo mismo que estar
en medio de ninguna parte. Había desaparecido
por completo tan estrambótica reunión. Tan de
prisa sucedió todo, que hasta dudó si no había sido
un mal sueño. Pero no, realmente él estaba en aquel
lugar desconocido, desnudo, maltrecho, chorrean-
do sangre y tiritando de frio. ¿Qué haría ahora?

Lo que hizo fue tratar de recordar la fórmula, gracias a la cual hasta allí había llegado. Pero, aunque

esta vez procuró no equivocarse, tan nervioso y aturdido estaba que volvió a equivocarse, ya que lo que dijo fue:

—¡Untado y bien untado como estoy, por encima de nubes y por debajo de zarzas, *pa* mi pueblo me voy!

Volvió a salir disparado hacia las alturas, antes de repetir la mala experiencia de atravesar un sin fin de matojos, zarzas y matorrales espinosos, vamos, como le sucedió en el viaje de ida. Por fin, cuando se detuvo, más muerto que vivo, y más magullado, destrozado y ensangrentado todavía, se encontró en el cementerio de su pueblo. Pero de las mujeres y de su propia mujer no había ni rastro.

Poco antes del amanecer lo encontró el señor cura, quien casi se cae de espaldas al verlo en tan lamentable estado, tirado junto a una tumba y desnudo.

—¡Pero, hombre de Dios –exclamó el cura–, ¿qué es lo que te ha pasado?!

—¡Casi nada –gimió el sacristán–, que he estado en Sevilla con las brujas de este pueblo! ¡He ido y he vuelto volando…! Bueno, volando, lo que se dice volando, no, pues ya ve usted como estoy.

El cura, que siempre había considerado a aquel sacristán como bastante borrachín, mirándolo muy severamente, a la vez que le tendía su abrigo para que pudiese tapar sus desnudeces, le increpó:

—¡Anda, calla y vete para tu casa, que es donde deben estar de noche los hombres de bien y no malgastando su salario en vino!

—¡Pero, padre, si es que mi mujer es bruja y se ha juntado esta noche con otras brujas a las que yo he podido sorprender…! –protestó el sacristán.

Pero el cura, sin abandonar su severidad, le cortó para decirle:

—¡Calla, calla te digo, y vete para tu casa, que tu mujer te estará esperando preocupada! ¿O es que no sabes que esta noche se la ha pasado, junto con otras buenas mujeres, ayudando a Fulana a traer al mundo a una criatura? Pues deberías de saberlo, en vez de hacer estupideces, y dar a gracias a Dios por la buena mujer que tienes y que no te la mereces.

El sacristán se fue para su casa, donde, efectivamente le aguardaba su mujer, preocupada por su ausencia. Efectivamente había estado ayudando en un parto bastante difícil. Efectivamente habían estado con ella otras vecinas. Efectivamente, esa noche había nacido una criatura en el pueblo. Efectivamente, en fin, como más tarde pudo comprobar, en el cementerio no había ni rastro de hoguera, ni de redomas, ni de ungüentos, ni de pilar que sirviera de estrado. ¿Entonces...?

Matrimonio sin hijos

Ya que tras muchos años de matrimonio, cierta pareja palentina de Quintanilla de la Cueza no podía tener descendencia, como última esperanza decidió acudir en peregrinación hasta Santiago de Compostela. Él, todo hay que decirlo, era algo reticente, ella muy candorosa. Hicieron el camino a pie desde su pueblo, como cualquier otro peregrino, y ante la tumba del Apóstol se postraron para pedirle fervorosamente la gracia de poder ser padres. Luego mantuvieron relaciones sexuales en Compostela, en la esperanza de que se produjese un milagroso embarazo, y se volvieron para Quintanilla.

El viaje de vuelta discurrió sin incidencias destacables, aunque con la desesperanza dibujada en el rostro del esposo, que por más que constantemente le preguntaba a su mujer:

—¿Notas algún síntoma?

Ella le respondía sonriendo con expresión de no haber perdido la esperanza:

—¡No, todavía no, pero verás como se produce un milagro!

El hombre meneaba la cabeza muy escéptico, y continuaban la marcha.

Un anochecer, estando ya muy cerca de su pueblo, tan cerca que no había una distancia mayor de cinco kilómetros, se encontraron ante el convento y hospital de Santa María de las Tiendas, regentado por aquel tiempo por la Orden de Caballeros de

Santiago. Entonces, siempre fervorosa, la mujer le propuso al marido:

—Entremos a rezar y dar gracias a Dios por habernos permitido hacer un buen viaje… Además, ¿quién sabe?, tal vez así se realice por fin el milagro…

—¡Pero, mujer –protestó el hombre–, ¿no ves que se nos está echando la noche encima y aún nos queda una buena caminata hasta Quintanilla?!

De nada sirvieron protestas y refunfuños por parte del hombre, pues la mujer entró decididamente en el templo y se arrodilló para rezar un momento. Lo mismo, ¡qué remedio!, hizo también el hombre.

Tras santiguarse devotamente, y con los ojos más iluminados que de costumbre, la mujer exclamó:

—¡Tengo un presentimiento! ¡Siento que al fin vamos a ser padres!

Aunque con cierto deje de incredulidad, su marido volvió a preguntarle:

—¿Acaso de pronto has notado algún síntoma…?

—No, no es eso –dijo pensativamente la mujer–, es como una sensación de que está a punto de sucedernos algo prodigioso…

Abandonaron el templo y reemprendieron la marcha. Pero no habían andado ni cien pasos, cuando algo atrajo poderosamente la atención de la pareja. Era como un gemido, no muy lejano, o tal vez un llanto:

—¡¿Oyes eso?! –inquirió vivamente la mujer, llevándose una mano al pecho.

—Lo oigo –respondió el marido aguzando el oído, y mirando atentamente a los matorrales, ya

153

en penumbra, que bordeaban el camino—, y me parece que es... ¡el llanto de una criatura!

En efecto, era el llanto de un recién nacido, no les cupo ya la menor duda, mientras corrían hacia el lugar de donde procedía el sonido. De ese modo, no tardaron en descubrir el cuerpecito de un bebé desnudo, tumbado en el suelo, pataleando y llorando desesperadamente.

—¡Es una niña! —exclamó el hombre, que fue el primero que la descubrió.

—¡Y es preciosa! —exclamó la mujer, tomándola en sus brazos instantes después.

La criatura debía haber nacido hacía muy poco tiempo, pues aún lleva sin desprender el cordón umbilical y se advertían restos de sangre y suciedad en su cuerpo.

—¿Quién habrá podido abandonar a una criaturita tan preciosa? —preguntó la mujer, mientras cubría a la bebé con su capa.

—¡Una mala madre! —gruñó el marido—, ¡una mala madre que no debe andar muy lejos, la condenada!

—¡Quedémonos con ella! ¡Este es el milagro que esperábamos y que al fin se ha producido, no hay duda!

—Pero, mujer, esta criatura tiene que tener madre, tal vez la haya abandonado porque se ha visto en un apuro, o por vergüenza. Pero probablemente volverá a por ella y...

—¡Nada de eso! —chilló ahora la mujer—. La criatura está abandonada y nosotros la hemos encontrado. Ahora es nuestra. ¡Quedémonosla, pues seguro que esto es un regalo del apóstol Santiago!

El hombre meneó la cabeza indeciso. Pero luego, mirando a su alrededor para convencerse de que nadie les observaba, tomó a su mujer del brazo y le susurró:

—En ese caso, ¡vayámonos presto!

La pareja echo a andar todo lo de prisa que sus piernas se lo permitían, la mujer apretando a la pequeña contra su pecho, el rostro radiante de felicidad. Su marido, todavía receloso, aunque decidido a quedarse con la criatura, decía de vez en cuando:

—Mira que si nos trae problemas… Mira que si nos acusan de secuestro… Mira que sí…

—¡Calla, hombre, no seas tan cenizo! –protestaba ella–. Además, mira que cosa tan preciosa, mira que carita tiene, mira como ya ha dejado de llorar…

Vislumbraban ya a los lejos las luces de Quintanilla de la Cueza, cuando la mujer le dijo a su marido:

—¡Qué raro, noto como si la niña cada vez pesase más!

—¡Claro, mujer, eso es porque ya hace mucho rato que la llevas en brazos! Déjamela que la lleve yo ahora, y así descansas tú.

A la mujer le pareció bien la propuesta y le tendió el envoltorio con la criatura a su esposo. Este la cogió, la arropó contra su pecho y, mirándole la bonita cara a la niña, le dijo:

—¡Pero qué preciosa eres! ¡Pero que naricita tan graciosa tienes! ¡Pero qué ojitos tan brillantes tienes! ¡Pero qué boquita tan redondita tienes…!

En ese preciso momento, levantando la cabeza como empujada por un muelle, y con una voz que

155

parecía escapada del mismísimo infierno, la criatura chilló:

—Y mira…, ¡también tengo dientes!

Como al decirlo abriese la boca, que más que boca semejaron fauces de un felino, y mostrase una reluciente y afiladísima dentadura, el hombre se desprendió del envoltorio dando un grito de espanto, que fue inmediatamente secundado por su mujer.

El envoltorio cayó al suelo, surgiendo al instante, de debajo de la capa femenina, un descomunal gatazo negro, del tamaño de un chivo, que escapó prontamente hasta desaparecer campo a través, lanzando agudas y siniestras carcajadas.

El esposo y la esposa, atónitos y desencajados, sin poder dar crédito a sus ojos, creyendo estar dentro de una terrible pesadilla, permanecieron de pie en medio del camino, mirando alelado hacia el lugar por donde había desaparecido el animal. Así siguieron mucho rato todavía, antes de entrar en su pueblo como dos autómatas, a media noche, tiritando por la impresión que acababan de recibir y que difícilmente iban a poder olvidar durante el resto de sus vidas.

Temor al aojo

Había en aquel barrio una anciana con tan mala fama de hechicera y fascinadora, que una mamá, temiendo que a su hijito le echase mal de ojo, vamos, que lo aojase, le dijo insistentemente a este:

—Cuando veas a Fulana por la calle, tú cierra los ojos y echa a correr. ¿Me has entendido bien?, ¡cierra los ojos y echa a correr!

—Claro, mamá, cierro los ojos y echo a correr –respondía invariablemente el pequeño.

Aquel niño murió aplastado por un carruaje, pero demostró ser muy obediente.

¡Jesús, qué vino tan bueno!

Varias mujeres desaparecían de noche de sus casas, en un pueblo de León, y a la mañana siguiente eran vistas medio borrachas por sus vecinos. Como esto se repitiese unas cuantas noches seguidas, el marido de una de ellas decidió hacerse el dormido y espiarla.

Fue así como descubrió que, tras desnudarse, su mujer salía sigilosamente de la casa y se reunía, en un corral cercano, con otras mujeres que la aguardaban tan en cueros como ella. Luego exclamaron todas a una:

—¡Por encima de paredes y por debajo de sebes, a la cuba de Fulano me llevedes!

Fue decirlo y convertirse instantáneamente en moscas aquel corro de féminas, las cuales desaparecieron en las nocturnas tinieblas.

A la mañana siguiente, en una bodega de un pueblo próximo, el bodeguero, que no era otro que el mentado en la fórmula de las brujas, se encontró entre las cubas con una mujer desnuda y bastante borracha. Le presionó para que le dijese cómo había podido colarse en la bodega, estando cerrada, pero ella se negó en redondo. Como el bodeguero le amenazase entonces con dejarla desnuda hasta que le contase todo lo sucedido, a la mujer no le quedó más remedio que confesarle que era bruja y que entraba con otras compañeras, convertidas en moscas, por el ojo de la cerradura. Pero, fatalmente para ella, esa noche se la había escapado un "¡Jesús, qué vino tan bueno!", y por eso había recobrado su forma verdadera, quedándose encerrada.

Cuando el marido de la bruja llegó a la bodega en cuestión, el bodeguero ya venía con la mujer cogida del brazo y cubierta con una manta. Dicen que se la entregó a su marido, después de contarle lo sucedido, y dicen, también, que desde la bodega, hasta su pueblo, el marido le fue dando a su mujer tal tunda de palos por el camino, que a la pobre infeliz ya no le quedaron más ganas de volver a pensar en aquelarres de ningún tipo.

¡Que te lleven los demonios!

En un pueblecito cercano a Astorga, en la comarca leonesa de la Maragatería, había una madre que tenía la mala costumbre de maldecir constantemente a su hijo, un muchacho de unos doce o trece años, por cualquier motivo que le contrariase. "¡Que te lleven los demonios!" –le chillaba cuando le desobedecía en algo, o cuando cometía alguna trastada propia de críos–. ¡Que te lleven los demonios! ¡Que te lleven los demonios…!"

Cierta noche gélida y oscura, a eso de la diez, y después de que aquella madre hubiese repetido hasta la saciedad la consabida maldición contra su hijo por una travesura sin importancia, el muchacho, harto ya de tanta monserga, se refugió en la cuadra de la casa por no oír las machaconas reconvenciones y maldiciones de su madre. Pero sucedió que, cuando un rato después la madre fue a buscarlo, no encontró ni rastro de su hijo. Alarmada, porque la cuadra estaba cerrada y no era posible abandonarla normalmente, llamó a su marido, junto con quien se dedicó a buscar al muchacho, tanto por el interior de la vivienda como por los alrededores de la misma.

Más de dos horas después, y cuando ya aquellos consternados esposos empezaron a dar muestras de auténtica desesperación por la misteriosa desaparición del muchacho, así como por lo infructuoso de su búsqueda, y se lamentaban en la sala de su casa, escucharon un fuerte estruendo en la habitación de arriba. Corrieron a ver qué sucedía y, ¿qué creen que vieron? Pues a su hijo, sí, al muchacho maldecido por su madre, quien misteriosamente hasta aquel lugar había llegado sin explicación humana posible, pues la puerta de dicho cuarto estaba cerrada con llave.

El muchacho, que gemía de dolor, estaba hecho un auténtico cromo: la ropa desgarrada y rota en mil jirones; la cara, manos, brazos y piernas llenas de arañazos y sangre; todo él desfigurado y con aspecto agotadísimo. En fin, una pena. Tan mal estaba, que esa noche no fue capaz de articular una sola palabra y se la pasó enterita tiritando febril en el lecho, a cuya cabecera permanecieron sus asombrados padres procurando auxiliarlo en cuanto les era posible.

No fue hasta la tarde siguiente cuando el mozalbete, algo más repuesto, pudo explicar a sus progenitores la aventura extrañísima y terrible que había vivido. Entonces les contó cómo, estando la noche antes en el corral, y mientras su madre no cesa de repetir "¡Que te lleven los demonios! ¡Que te lleven los demonios…!", aparecieron de pronto ante él unos hombres horrorosos, muy altos y fuertes, vestidos enteramente de negro, quienes, sin mediar palabra alguna, lo cogieron por los sobacos y se lo llevaron por los aires en mucho menos tiempo del que necesitó el chico para explicarlo.

Por lo visto, aquellos hombres espantables, demonios sin duda, descendieron con su prisionero sobre un monte lleno de espinos, y durante toda la noche se entretuvieron en arrastrar al muchacho sobre ellos, de una parte a otra, desfigurándolo de aquel modo que sus progenitores habían podido comprobar. Por fortuna para el infeliz, cuando ya temía estar a punto de perecer en tan duro trance, exclamó con sus últimas fuerzas: "¡Santa María, váleme!". Fue escuchar tal cosa y, en un instante, devolver los demonios al muchacho a su casa, trasladándolo una vez más por los aires, e introducirlo en la habitación donde había sido hallado por sus padres. Contó que lo metieron por una ventana pequeña que en la estancia había, pese a ser tan pequeña que, de no mediar artes diabólicas, o tal vez divinas, no hubiera permitido el paso de un cuerpo humano.

Aunque la peripecia acabó felizmente, aquel muchacho se quedó sordo para siempre. Quienes lo conocieron también aseguraban que parecía abobado y como fuera de sus cabales. Claro, que la experiencia por la que había pasado no era para menos.

El tío Barrigas y la tía Pardala

El tío Barrigas, un anciano maragato sin hijos, tenía a la mujer muy enferma. Por eso trataba de socorrerla, como mejor podía, dándole buenos tazones de caldo de gallina.

Pero un día, y otro, y otro también, descubrió que la carne de gallina había desaparecido, con lo que, muy a pesar suyo, tuvo que darle a su esposa enferma un caldo muy insustancial.

Pero una noche escuchó un ruido misterioso en la casa, y se apostó muy callado y muy quieto a vigilar. Como el ruido venía de la gatera, taponó esta con un saco y atrapó a un gato negro.

Estaba dándole garrotazos al saco, con el gato dentro, cuando una voz lastimera le suplicó:

—¡No me pegues más, tío Barrigas, que ya nunca más lo volveré a hacer!

El tío Barrigas abrió el saco y, ¿a quién se encontró dentro? Pues a una vieja desnuda, llena de moratones y sollozando. Era la tía Pardala, una vecina del pueblo con fama de meiga.

La bruja y el anacoreta

En la ladera de un monte de la sierra de los Ancares, mirando hacia Pedrafita do Cebreiro, había una oscura cueva, lóbrega y fría, donde vivía una bruja malvada y lasciva.

En otra cueva del mismo monte, pero en la ladera que mira hacia El Portelo, vivía un anacoreta decrépito, andrajoso y sucio.

La bruja iba todas las noche a tentar y molestar al anacoreta con sus artimañas brujeriles.

El anacoreta iba todas las mañanas a reprender a la bruja, tratando de llevarla al camino del bien con sus prédicas.

Después de mucho ir y venir de una cueva a otra, y para ahorrarse tantos esfuerzos, la bruja y el anacoreta finalmente decidieron casarse y compartir una única cueva.

Dicen unos que la cueva era la que miraba a León, porque la bruja era de El Bierzo. Dicen otros que la bruja era en realidad una meiga gallega del Padornelo, y que por eso la cueva era la que miraba hacia Lugo. Dicen todos, que, en uno u otro caso, fue la cueva de la bruja la que compartió en adelante la pareja, quedando abandonada para siempre la del eremita.

Tres peregrinos rijosos

Una joven novicia, de cierto convento gallego cuyo nombre no puede decirse, estaba una tarde cogiendo plantas silvestres, no lejos del cenobio, en un bosquecillo cercano, cuando fue sorprendida por tres peregrinos muy rijosos. Los tres hombres, que eran extranjeros, y cuya piedad y conciencia como peregrinos jacobeos, y como personas, dejaba mucho que desear, al verla con las faldas del hábito remangadas, remangadas igualmente las mangas hasta más arriba de los antebrazos, y tan sonrosada, blanca, tierna e inocente toda ella, no tuvieron ocurrencia mejor que tramar gozarla, es decir, y por usar la palabra adecuada, violarla. Puede que semejante decisión fuese inducida por el demonio, siempre atento a aprovecharse de la flaqueza humana, pero puede, de igual manera, que respondiese al natural poco cívico de aquellos extranjeros.

Sea como fuere, para llevar a buen término sus criminales propósitos, los tres hombres se agazaparon en la maleza, al borde del camino, y durante un buen rato se dedicaron a observar a la monjita, quien, ajena al peligro que le acechaba, seguía con su quehacer recolector. Esta, cuando debió considerar que ya tenía bien llena la taleguilla que llevaba atada a la cintura, se sentó en una piedra del bosque para descansar, a la vez que se hacía un poco de aire con las manos en el rostro, pues era aquel un atardecer muy caluroso y parecía sofocada.

Fue entonces, justo al sentarse la novicia sobre la piedra, cuando los tres peregrinos cayeron sobre ella como tres lobos hambrientos. Uno le tapó la boca con sus manazas, para evitar que gritase, a la par que la mantenía inmóvil; otro le alzó los faldones del hábito sin miramientos, y le destrozó violentamente la ropa interior; y el tercero se dispuso a dar rienda suelta a su lascivia, sin más preámbulos, para lo cual se soltó los calzones.

Sucedió entonces que la novicia mordió con toda su desesperación una mano del que le tapaba la boca, y este la apartó lanzando un alarido de dolor y una blasfemia. Pero, aprovechando ese momento en que se vio libre de la mordaza, la religiosa emitió un extraño sonido, algo así como el zumbido de un moscardón, pero multiplicado por mil, y sus agresores se llevaron instintivamente las manos a los oídos, heridos en sus tímpanos por tan desconocido como desagradable sonido.

Y ahí terminó la aventura de los rijosos, pues, al instante, sin duda alertadas por aquel zumbido de la novicia, que seguramente era una llamada de auxilio, surgieron volando por los aires, con sus hábitos acampanados por el viento como extrañas velas, dos decenas de monjas. La bandada de voladoras entunicadas cayó como una furia sobre los asaltantes de la joven y frustraron el intento de violación.

A partir de ahí solo hubo mucho griterío, mucho jolgorio y mucha sangre, aunque solo fuese sangre masculina, en aquel bosquecillo.

A la mañana siguiente, otros peregrinos descubrieron, en mitad del camino, los cuerpos sin vida de los tres peregrinos extranjeros. Estaban desnudos, descoyuntados y horriblemente mutilados.

Dicen que, tomándolos por piadosos peregrinos que habían sido asaltado por una partida de bandidos, que los habían dejado en aquel estado, sin duda furiosos al no poder robarles nada, pues eran pobres, los tres cuerpos fueron inhumados cristianamente en el convento, cuyo nombre no puede decirse, al que pertenecía aquella novicia que la tarde antes recogiera plantas silvestres por el cercano bosquecillo. Alguno de los peregrinos que asistió al sepelio de los colegas de camino, manifestó después que las monjitas mantuvieron una beatífica sonrisa mientras duró la ceremonia fúnebre. Pero, claro está, a estas alturas fácil es de comprender que ese detalle es de muy dificultosa comprobación.

No fue solo una pesadilla

Un mozo soltero tuvo una terrible pesadilla. Soñó que su novia se convertía en serpiente y le mordía en el cuello.

Se despertó sobresaltado, dando gritos. Se incorporó en el lecho y se palpó la garganta.

Luego volvió a acostarse y no tardó en dormirse, sonriéndose tranquilizado porque recordó de pronto que él no tenía novia.

Sin embargo, a la mañana siguiente aquel mozo soltero apareció muerto en su cama. Una enorme serpiente, que se había colado por la ventana de su cuarto, le había mordido fatalmente en la yugular.

Una bruja, otra no

Éranse una vez dos hermanas. Una de ellas era bruja, la otra no.

Un día, la hermana bruja le propuso a la otra:

—¡Hagamos una carrera hasta aquel manzano, a ver quien llega primero y se come la única manzana que le queda!

—¡Me parece bien! –aceptó su hermana.

La hermana bruja comenzó a correr, mientras la hermana que no era bruja la miraba sin moverse. Cuando la hermana bruja ya estaba cerca del manzano, la hermana que no era bruja echó a volar, llegó al manzano antes que la otra y se comió la manzana.

***

Un chiquillo traía de cabeza con sus travesuras a la hermana bruja. Cuando no le tiraba piedras al verla, le hacía muecas y burlas desde lejos, le azuzaba algún perro que tuviese a mano, o, pillándola desprevenida, le arrojaba estiércol a la cabeza, la enganchaba del moño con un anzuelo y hasta le prendía fuego a las sayas.

La hermana bruja se desgañitaba lanzándole al pequeño amenazas terribles, pero, aparte de enormes berrinches, nada en limpio conseguía.

—¡Si supieras tratar al rapaz como es debido, no te pasaría lo que te pasa! –le dijo un día la hermana que no era bruja–. ¡Tú fíjate en mí, y aprende la lección!

Esa misma tarde, la hermana que no era bruja preparó un pastelillo de hojaldre, lo rellenó de exquisito cabello de ángel y, con sonrisas, palabras tiernas y caricias en el pelo, se lo dio al chiquillo, que se comportó como un bendito mientras se lo comía.

Pero el diablillo ya nunca más volvió a molestar a la hermana bruja. No, porque el pobre infeliz, asaltado por unos retortijones dolorosísimos, murió esa misma noche lanzando incoherentes berridos, amén de una espuma verdosa por la boca, ante la impotencia y consternación de sus allegados.

***

La hermana bruja se enamoró perdidamente del sacristán de la parroquia, joven, simpático, soltero y de muy buen ver.

—¡Ay, si pudiera hacer mío al sacristán…! –suspiró un día, muy melancólicamente, delante de su hermana, ya saben, la que no era bruja.

La hermana que no era bruja la miró muy sorprendida e inquirió:

—¿Y cómo no has de poder, si, siendo bruja, como eres, basta tan solo con que lo hechices un poquito para que caiga rendido a tus pies?

—¡Ay de mí, que soy la mujer más infeliz y desgraciada del mundo! –suspiró la hermana bruja–. ¡Como el muy bellaco lleva siempre una enorme cruz de plata colgada al cuello, no puedo acercarme a él!

—¡Por eso no te preocupes –le animó la hermana que no era bruja–, que yo, que no soy bruja, se la quitaré!

Esta hermana generosa, se encaminó a la iglesia por ver de quitarle la cruz al sacristán. Pero sucedió, ¡cosas de la vida!, que al tener al sacristán de cerca, tan joven, tan simpático, tan soltero y de tan buen ver, en vez de quitarle la cruz prefirió echarle los brazos al cuello… y rendirlo a sus pies con sus encantos.

Total, que, poco tiempo después, para desconsuelo de su hermana bruja, la hermana que no era bruja se casaba con el sacristán de la parroquia.

Miedo a las brujas-vampiro

Aquella muchacha de Melide cerró a cal y canto las ventanas de su habitación para que no entrara ninguna bruja, a quienes tenía un inusitado pánico.

Luego se desnudó y se puso una camisa de dormir, confeccionada con lino tejido en Nochebuena, que dicen es talismán poderosísimo contra las brujas.

Seguidamente rezó sus oraciones, y se santiguó con los dedos mojados en agua bendita.

Por último, se metió en la cama y no tardó en dormirse plácidamente.

A la mañana siguiente esa muchacha apareció muerta, sin una gota de sangre en su cuerpo. La había chupado una *xuxona*, es decir, una bruja-vampiro.

***

Al terminar de contarle esto, la abuelita le dijo a su nietecilla con gesto malicioso, aunque muy seria:
—Ahora, niña mía, escucha la moraleja del cuento: "No creas todo lo que te dicen, y mira siempre debajo de la cama antes de meterte en ella".

Habelas, hainas!

Una moza de cierta aldea cercana a Santiago, y que no creía en meigas, apostó con otras mozas una noche que era capaz de irse sola hasta el camposanto, coger la calavera de un muerto del osario y regresar con ella para demostrar su valor.

—¡Tú estás loca! –le dijo una de sus amigas, santiguándose aterrorizada.

—¡Has perdido el juicio! –exclamó otra, apartándose de la temeraria con el mismo pavor que si esta fuese una apestada.

—¡Lo dice, pero no lo hará, porque hablar es fácil, pero hacer…, hacer es ya otro cantar! –soltó una tercera, la mayor del grupo, una muchacha refunfuñona y frecuentemente malhumorada.

—¡¿Que no?, ¿qué no soy capaz…?! –chilló indignada la atrevida–. ¡Pues decidme qué apostáis y veréis cuánto tardo en estar otra vez aquí con la calavera!

Las mozas, que se habían reunido en la cuadra de la casa de una de ellas, y se entretenían en hacer las labores de su ajuar, dejaron lo que estaban haciendo y se quedaron en silencio, un silencio frio y pesado, mirando asustadísimas a aquella porfiadora, que también las miraba a ellas pero de modo retador.

—¡Mira que la noche es de las meigas, que campean por ahí a sus anchas! –recordó una.

—¡Si te atrapan, no sé que puede pasarte! –tembló otra.

173

—Pues que cada meiga le tatuará un lunar en el cuerpo, con una aguja, para que se acuerde de ella —explicó la gruñona.

La retadora entonces, más enrabietada aún, vociferó:

—¡Pandilla de gallinas! ¡¿Cómo es posible que unas mozas como vosotras crea todavía en esas chiquilladas y fantasías?!

—Sí, sí, serán chiquilladas y fantasías, ¡pero por si acaso...! –esto lo dijo la misma que se había santiguado antes, santiguándose también ahora.

—¡¿Qué apostáis?! –insistió la incrédula.

Al cabo de unos instantes, rompiendo el silencio, la moza gruñona propuso:

—Si nos traes del cementerio la canina que dices, entre todas te haremos un vestido. Pero si no lo haces, nos pagas a todas una chocolatada. ¿Hace?

—¡Hace! –aceptó sin pensárselo la incrédula, abandonando al instante la cuadra con una tea encendida en una mano.

La noche era otoñal y oscura, y soplaba un vientecillo que parecía susurrar palabras estertóreas en los oídos de aquella moza atrevida. Pero a ella, pese a un cierto escalofrío que recorrió su cuerpo al salir de la casa, no parecía amedrentarle en absoluto. Caminó con pasos firmes y decididos, hasta llegar sin tropiezos al camposanto, incluso hasta el osario. Pero, cuando se inclinó para iluminar los huesos de aquel lugar, mil silbidos agudos la aturdieron repentinamente. Era como si todas las aves del cielo y todas las alimañas de la tierra, se hubiesen puesto a cantar a coro una macabra e ininteligible melodía. Y poco más sintió la moza temeraria, simplemente que algo o alguien invisible, pero de descomunales fuerzas, la agarraba por los cabellos y se la llevaba por los aires.

Como la moza tardaba en regresar, sus compañeras de labor se empezaron a inquietar y terminaron por avisar a los de la casa, quienes, a su vez, corrieron a informar a los padres de la incrédula. Todos juntos se encaminaron hasta el cementerio, entraron dentro, se llegaron hasta el osario... Pero nada encontraron. Era como si a la muchacha apostadora se la hubiera tragado la tierra.

Pero no se la había tragado la tierra, porque la encontró un campesino, a más de dos leguas de su aldea, colgada de la rama de un castaño por los cabellos. Estaba viva, pero sin conocimiento, y completamente desnuda y desfigurada. Toda su piel, desde el cuello cabelludo hasta las plantas de los pies, se había vuelto negra como la de un africano. Incluso la lengua, encías y dentadura aparecían negrísimas, y hasta tenía negro el interior de sus partes íntimas, según informó la curandera que la atendió en cuanto fue llevada a su casa. También informó de que solo un punto en medio del pecho, una especie de diminutísimo lunar en el canalillo entre ambos senos, seguía manteniendo el color natural de su piel.

Cuando recuperó la conciencia y se hubo repuesto un poco de la impresión, aquella moza contó que no había visto a sus asaltantes, pero que, tras ser llevada en volandas por los cabellos, la colgaron de un árbol y le arrancaron toda la ropa. Luego escuchó risitas agudas, miles de risitas agudas, mientras empezaba a recibir por todo el cuerpo pinchacitos agudísimos, cuyo dolor no tardó en hacerle perder el sentido. Y ya no recordaba nada más, sino que al abrir los ojos vio que estaba en su cama, rodeada por los suyos.

Fue su amiga gruñona, la mayor de las mozas costureras que aquella famosa noche participase en la apuesta, apuesta que nunca llegó a verificarse, quien le explicase a la moza tatuada:

—Eso te lo han hecho las meigas. Cada una de ellas te ha tatuado un lunar con una aguja. ¡Figúrate cuántas serían!

—¿Y cómo es que me dejaron un lunar blanco entre las tetas? –inquirió la enferma.

—Eso no es un lunar, sino que faltó una meiga aquella noche, una meiga que, quién sabe, tal vez sea amiga tuya –a la gruñona parecieron iluminársele los ojillos con cierto brillito maligno y perverso al decir esto, pero fue algo que pasó desapercibido para su amiga; luego inquirió–: ¿Crées o no crées ahora que hay meigas?

La infeliz tatuada, a quien durante el resto de sus días ya todos iban a llamar "La Negra", suspiró compungida y respondió:

—Creo, creo, porque no parece haber dudas de que...¡*habelas, hainas!*

La favorita del demonio

Cierto noble madrileño, muy religioso, decidió acudir en peregrinación a Santiago de Compostela, poco antes de contraer matrimonio con una joven y aristocrática viuda, y al camino se echó hasta ver cumplido su propósito cristiano. Llegó a la catedral compostelana, se unió a otros peregrinos, que con el mismo propósito que él hasta allí habían acudido, siguió con toda la liturgia propia del caso y se ganó el jubileo.

Aquella noche, ya en su pensión, cuando se iba a meter en la cama para dormir, con la conciencia limpísima y una estado de ánimo como el que seguramente deben sentir los santos y las santas en el Cielo, el madrileño percibió cierto alboroto proveniente de la habitación contigua a la suya. Parecían ser risitas femeninas mal contenidas, murmullos de varias personas y el ruido propio de una reunión a deshoras.

Dado que el peregrino no pudo conciliar el sueño con aquel inesperado alboroto, acabó por saltar del lecho y asomarse a la puerta, por ver si se enteraba de qué era lo que sucedía, o tal vez para llamar la atención a los alborotadores. Pero, como al salir al pasillo descubriese que la puerta de la estancia vecina no estaba cerrada del todo, se acercó a ella, pegando la oreja a la madera, la empujó un poquito y por fin pudo ver qué sucedía tras la misma.

Era aquella una habitación muy similar a la suya, en cuyo interior, a la luz de unas velas, tres estudiantes ligeramente bebidos, eso al menos le pareció al madrileño, gozaban de una mujer joven y bonita sin ningún tipo de recato por parte de los cuatro. Que era joven y bonita la desconocida, lo decían bien a las claras las hechuras de su cuerpo. Aunque no pudo saber el espía si el rostro de aquella fémina hacía honor al resto del cuerpo, pues no podía verle la cara, ya que, además de estar apoyada en el borde de la cama, boca abajo, tenía la cabeza bajo el cobertor y la sábanas. La razón de tan rara postura, amén de favorecer las múltiples penetraciones de que era objeto por parte de los estudiantes, era que parecía estar haciendo gozar, de manera muy poco cristiana por cierto, a un personaje que permanecía acostado en el lecho, y del que nada se veía por estar completamente cubierto por las ropas de la misma.

El espía miró confundido aquella inesperada escena, que se le antojó tenía un no sé que de extraña y maligna. Pero no se apartó de la puerta, ni tampoco les llamó la atención, sino que, temblando de excitación y sorpresa, permaneció muy quieto y callado, procurando casi ni respirar por no perderse detalle de cuanto acontecía ante sus ojos. Pudo ver que la mujer era, efectivamente, penetrada, e incluso sodomizada, una y otra vez por los estudiantes, y que ella parecía gozar enormemente de tan pecaminosas uniones, tal y como se desprendía de sus movimientos, con los que incitaba constantemente a sus cabalgadores. Además, todo daba a entender que el personaje de la cama debía ser otro hombre, al que la mujer estaba procurándole placer con la boca.

—¡Infames pecadores! —se dijo mentalmente el madrileño, pero sin apartarse de su atalaya—. ¡El fuego del infierno ha de caer sobre vosotros!

La mujer debió terminar lo que estaba haciéndole al personaje de debajo de las sábanas, pues del interior de estas escapó como una especie de berrido de placer, que al espía le hizo estremecerse por lo inhumano que le resultó. Luego, a la vez que los tres estudiantes cesaban en su venérea actividad, el personaje de la cama asomó su cabeza fuera de la misma, y estos le hicieron una pronunciada y reverente inclinación en señal de respeto y acatamiento. Fue justamente entonces cuando el madrileño comprendió que aquel personaje, por cierto, muy siniestro e infinitamente espantoso, era el mismísimo demonio. No en vano tenía horrendos cuernos puntiagudos sobre la frente; rostro muy afilado, verdoso y feroz; cejas arqueadas, que le conferían una expresión de enojo… Y poseía garras en vez de manos, con afiladísimas uñas, como bien pudo advertirlo cuando las sacó de bajo las sábanas, y fue a ponerlas en el blanco trasero de la mujer.

El demonio acercó a la bella prominencia femenina su cara y su inmunda boca, de la que sacó una larguísima lengua sonrosada y bífida, como la de un reptil. Con ella se deleitó en lamer y relamer aquellas partes deshonestas que se le mostraban abiertas y sin velos, con tanta fruición, que hasta hizo que se estremeciese y retorciese de placer la desvergonzada hembra, provocándole fuertes convulsiones.

A continuación, con una de sus afiladas uñas, que semejaban auténticos estiletes, aquel ser diabólico marcó sobre el glúteo izquierdo femenino una marca en forma de pata de oca, de la que surgieron varias gotitas de sangre que también lamió con avidez. Por último, con una voz inhumana, cavernosa y gravísima, exclamó:

—¡Esta señal que te marco, te hace mía para siempre! ¡De hoy en adelante serás mi favorita!

Terminada la frase, el diablo se volvió hacia la puerta, sonriendo malignamente, y fue a clavar de pronto su mirada en los ojos del madrileño. Este, que casi se muere de espanto al sentirse descubierto por el demonio, se apartó maquinalmente de la puerta y corrió a encerrarse en su cuarto, oyendo a sus espalda fuertes risotadas.

Armándose con un rosario bendecido que había dejado sobre el cabezal de la cama, el madrileño preparó prontamente su equipaje, abandonó la posada, a pesar de ser media noche, y echó a correr despavorido por las solitarias calles de Santiago, iniciando el regreso a Madrid antes de lo previsto. Tanta prisa quiso darse, que alquiló buenas caballerías y no tardó en encontrarse en su casa.

Aunque no repuesto del todo de la impresión, días después aquel noble madrileño contraía matrimonio con la bella viudita, con una solemnísima ceremonia en la que no faltó ni un lujo ni un derroche. Tras la misa vino el banquete y tras el banquete la fiesta, fiesta que al recién casado se le hizo interminable, deseando como estaba de quedarse a solas con su apetecible esposa para gozar del débito conyugal.

Cuando por fin estuvo a solas la pareja en su alcoba nupcial, el esposo, con una impaciencia propia de haber mantenido una larga abstinencia, casi sin mediar palabra condujo a la mujer hasta el tálamo y sació en ella todos sus reprimidos apetitos venéreos. También pareció disfrutar ella, a pesar de las torpes maneras de su marido, o tal vez lo fingió. Lo que sí fue cierto es que, tras varias horas de ejercicio amoroso, los dos quedaron agotados, aletargados, sobre la lujosa cama, y se miraron muy tiernamente.

Sintiendo que le embargaba un sueño gratísimo, el esposo se dedicó entonces a acariciar tiernamente a la mujer por todo el cuerpo, pese a que la moral de la época era contraria a tocar según qué regiones de la anatomía humana. Fue así como aquel noble madrileño recién casado, dio con su mano en las posaderas femeninas, que también acarició y amasó con gran placer. Hasta que, notando en el glúteo izquierdo de su mujer una especie de pequeña cicatriz, ¿o eran varias pequeñas cicatrices?, de pronto aquel noble madrileño se incorporó en el lecho dando un respingo, arrancó violentamente el camisón a su esposa, de un empujón dejó a esta boca abajo en la cama, y, alumbrándose con una palmatoria, por mejor ver, acercó precipitadamente sus ojos sobre aquel precioso trasero.

A pesar de tanta belleza, en la que ni reparó en ese instante, casi se cae de espaldas al ponerle la vista encima. Porque allí había, bien clara e inconfundible en el cachete izquierdo, una marca semejante a la pata de una oca, la marca del demonio, la señal que vio ejecutar a este, aquella famosa noche, en la posada de Santiago. Y empezó a temblar contemplando aquel culo, y siguió temblando, ante la expresión burlona que observó en el semblante de ella, y comprendió, ya en el colmo del más inusitado de los terrores, que acababa de unirse de por vida, hasta que la muerte los separase, nada más y nada menos que con la favorita del demonio.

Índice

Presentación... 5

¡Gracias, Señor Santiago! (Bélgica) 7

La matrona de Folkestone (Inglaterra) 16

Un peregrino perdido (Loiret) 19

La zorra y las gallinas (Haute-Loire)......... 22

Terrible maldición materna (Aveyron) 24

Leñador perseguido por un árbol (Cher).. 27

La pata de la loba (Auvergne)............... 30

Necesito la cabeza de un muerto
(Midi-Pirineos) 35

No creía en brujas (Midi-Pirineos)........... 37

¿Se santiguan los brujos? (Bearne)........... 38

La moza de Lurbe (Bearne)................... 39

¿Cuántos caminos hay en el bosque
de Boussaü? (Bearne)....................... 40

La hilandera sospechosa (Huesca) 43

La posesa de Allende (Huesca)............... 45

El árbol del infortunio (Huesca) 52

Un pueblecito tranquilo (Zaragoza)........ 56

Las tres bellezas (Zuberoa) 57

El anticristo de Dendaletxia
(Baja Navarra) 60

¡Llévame a Donazaharre! (Baja Navarra) .. 67

La maldición de Katalin (Baja Navarra) ... 70

Los dos gibosos (Baja Navarra)............... 76

El peregrino y el lobo (Navarra)............. 82

El caserío maldito (Navarra).................. 86

Peripecias de una dama pamplonesa
   o un caso de falsa posesión (Navarra)... 93

Juanis, el brujo de Bargota (Navarra) 99

Un zapatero en el aquelarre (Navarra)...... 117

La cieguecita de Viana (Navarra)............. 119

Los dos muleros (Navarra) 120

¡Acaban de dar las doce! (La Rioja) 125

No lo he visto, pero lo he oído (La Rioja) 126

Brujerías navarras en Logroño (La Rioja) . 127

La yegua blanca (La Rioja)...................... 131

Una leyenda secreta en el Camino de
   Santiago (La Rioja)............................. 132

Una mula floja (Burgos) 138

Las mozas brujas (Burgos)...................... 140

La galga misteriosa (Burgos)................... 143

La bruja invisible (Palencia) 145

Tu mujer es una santa (Palencia) 146

Matrimonio sin hijos (Palencia) 152

Temor al aojo (León).............................. 157

¡Jesús, qué vino tan bueno! (León).......... 158

¡Que te lleven los demonios! (León)........ 160

El tío Barrigas y la tía Pardala (León)....... 163

La bruja y el anacoreta (Lugo)................. 164

Tres peregrinos rijosos (Lugo)................. 165

No fue solo una pesadilla (Lugo) 168

Una bruja, otra no (Lugo-A Coruña)....... 169

Miedo a las brujas-vampiro (A Coruña)... 172

Habelas, hainas! (A Coruña).................... 173

La favorita del demonio
   (A Coruña-Madrid) 177

Made in the USA
Las Vegas, NV
09 January 2021

15592648R00111